Lena Klassen

Himmel – Hölle – Welt
Die Geschichte von Elsas Emanzipation

Roman

Die Deutsche Bibliothek – CIP – Einheitsaufnahme

Klassen, Lena
Himmel – Hölle – Welt, Die Geschichte von Elsas Emanzipation
Roman
Mit Bildern von Erika-Valerie Avikainen
1. Aufl. – BMV Verlag Robert Burau; 32791 Lage-Hörste 2001

ISBN: 3-935000-12-X

Dieses Buch wurde nach den Regeln der
neuen deutschen Rechtschreibung gesetzt.

Gedruckt auf säure- und chlorfreiem Papier
1. Aufl. – BMV Verlag Robert Burau; 32791 Lage-Hörste 2001
© Lena Klassen
© BMV Verlag Robert Burau
Satz: AW-Grafik und Text, Detmold
Fertigung: PeWe-Media, Detmold
Umschlagbild: „Das flammende Inferno" von Karin Burau

Printed in Germany

ISBN: 3-935000-12-X

Lena Klassen

Himmel – Hölle – Welt
Die Geschichte von Elsas Emanzipation

Roman

BMV Verlag Robert Burau

Für E.
(Welt und Nicht-Welt)

INHALT

Vorwort

„Frei geboren" ist der Titel eines Films, der mir aus meiner Kindheit dunkel in Erinnerung geblieben ist: die Geschichte der zahmen Löwin Elsa, die von der Familie, in deren Besitz sie ist, wieder in die Freiheit entlassen wird. Damit verbinde ich seitdem den Namen Elsa, und wenn ich meine Heldin in diesem Roman Elsa genannt habe, ist daran die Vorstellung geknüpft, dass es hier um jemanden geht, dem Unrecht getan wird. Denn selbst wenn jemand zahm genug ist, um nicht über den Zaun zu sehen, zahm genug, um seinem Dompteur die Hände zu schlecken, ist der Entzug von Freiheit etwas zutiefst Unnatürliches. Was wäre geschehen, wenn jene Familie die Löwin nicht fortgeschickt hätte? Vielleicht wäre sie irgendwann ausgebrochen und hätte ein großes Loch im Zaun hinterlassen, vielleicht hätte sie auch eines Tages Blut gerochen und zugebissen. Vielleicht wäre sie gestorben, ohne zu wissen, wie groß die Welt ist. Das ist das Schicksal der meisten Menschen, die in dem Umfeld leben, das ich beschreiben möchte. Sie bleiben zahm und verleugnen ihr Geburtsrecht; aber wenn sie auch alle vergessen haben, was sie sind, Elsa soll es nicht.

Es wird hier um Elsa gehen und um die Stadt E. und um Emanzipation. Um es gleich zu sagen: Wenn es um Emanzipation geht und insbesondere um Elsas Emanzipation, so muss berücksichtigt werden, dass in manchen Gegenden besondere Umstände herrschen. Und diese „besonderen

Umstände" sind – Männer. Nicht einfach Männer, sondern mit ungewöhnlicher Autorität gewappnete Männer, denen die Demut der Gläubigen sicher ist (denn wären sie nicht demütig, könnten sie sich nicht gläubig nennen). Demut und Emanzipation sind aber sehr schwer zu vereinen.

Elsas besonderes Problem war, dass sie in der Stadt E. wohnte. Nun setzt sich E. aus einer bunt gemischten Menge Einwanderer, Rückwanderer, Aussiedler und Asylanten zusammen und ergibt ein farbenfrohes Bild karierter und geblümter Kopftücher, ein Mosaik aus dunkel gewandeten Moslems und in exotische Farbzusammenstellungen gehüllten Mennoniten. Ansonsten aber ist es eine junge, grüne, aufstrebende Kleinstadt – warum sollte Elsa also ein besonderes Problem haben? Um das Problem nun endlich zu benennen: Sie gehörte dazu. Sie stand nicht daneben, beobachtend, interpretierend und sicher; nein, sie war eine von ihnen, Kind einer streng religiösen Aussiedlerfamilie, Mitglied einer Mennoniten-Brüdergemeinde, ein Name, der Programm ist, denn Schwestern haben da nicht viel zu sagen. Wie sie überhaupt dazu kam, sich ketzerisch auflehnen zu wollen, wird nach und nach offenbart werden.

Ich sprang durch den brennenden Ring
die Peitsche dicht hinter mir
Warum hat mir niemand gesagt
dass ich ein Löwe bin

1. Die Taufe und der Tod

Sie glaubte. Sie schloss die Augen, sie faltete die Hände, sie kniete sich hin und glaubte. Nicht, dass sie mit geöffneten Augen weniger geglaubt hätte, dass sie mit greifenden Händen an der Wirklichkeit hängen geblieben wäre; auch ihre Knie, mit denen sie durch den Teppich hindurch den glatten, harten Boden schmerzhaft spürte, waren mit der Wirklichkeit verbunden, mit dieser Welt, und sie glaubte trotzdem. Sie schloss nicht die Augen, um besser an etwas glauben zu können, was unsichtbar war, sondern um allein zu sein mit dem Unsichtbaren, mit Gott. Sie faltete die Hände, um sich an Gott zu halten, wie um ihn zwischen ihren Handflächen zu greifen und nicht gehen zu lassen, so fest, und sie seufzte innerlich, als sei sie alt und trauere einer verlorenen Jugend nach. Es war schlimmer: Sie war jung und dennoch verloren. Ihre Jugend galt nichts, war nichts als eine Quelle des Unglücks und der Versuchung, und jetzt, da die Versuchung an ihr aufbrandete wie an einem flackernden Leuchtturm, musste sie die Augen verschließen vor ihrem Jungsein und vor der Welt. Das war die Versuchung: die Welt. Es war keine Versuchung, wie sie vielleicht ein Mönch erfährt, der durch das Gitter des Beichtstuhls ein Paar dunkle Augen erspäht, sondern es war alles. Nicht eine einzelne Situation, eine einzige Person, ein Gefühl, ein Gedanke, nein, schlimmer: Es war alles. Die ganze Welt. Mit der Verzweiflung dessen, der liebt, was er nicht lieben soll, richtete sie ihren Blick auf das, was sie lieben sollte.

Gott, oh Gott.

Sie wartete darauf, dass er ihr Feind würde, aber es geschah nicht. Sie fühlte keinen Groll, nur die Frage, nur den Zweifel, der nicht den Glauben an Gott, sondern den Glauben an den Weg zur Erlösung betraf. Muss ich sie denn hassen, muss ich denn, muss ich denn …

Sie, Elsa, war sechzehn Jahre alt, aber nach der anderen Zeitrechnung erst zwei, zwei Jahre wiedergeboren, und seit einem halben Jahr getauft. Sie, Elsa, mit sechzehn Jahren vor die nahezu unerfüllbare Aufgabe gestellt, diese Welt zu hassen oder wenigstens nicht zu lieben, Distanz zu ihr zu finden (wie auch zu sich selbst, denn auch sie, Elsa, war ein Teil der Welt), sie, Elsa, bat Gott um die Kraft, ihn, den Unsichtbaren, mehr zu lieben als das Sichtbare, das Lebendige, mehr als das, was aufdringlich in ihre Augen und Ohren drang, mehr als das, was sich heiß und lebend um sie herum tat, mehr als ihren eigenen Körper, der „Fleisch" hieß und der nicht mehr war als ein Stück Fleisch: sterblich, sündig, überflüssig, sobald die Seele zu ihrem Recht kam.

Gott, sagte sie, Gott, ich bin tot, sie, Elsa, die sechzehn Jahre alt war und graue Augen hatte und langes dunkelblondes Haar und eine etwas zu große Nase, sie, die nicht tot war, sagte: Ich bin tot, ich bin für diese Welt gestorben, und sie erinnerte sich an ihren Tod, wie man sich an eine Hochzeit erinnert: als an einen großen Tag voller rätselhafter Konsequenzen.

Der Tag ihres Todes: der Tag ihrer Taufe. Begraben und auferstanden. Ersäuft, dachte sie, ja, ersäuft, ertrunken, und dieses neue Leben ist nicht mehr meins, ist Geschenk und Pflicht. Wie könnte ich diese Welt lieben, wenn ich tot bin. Wie könnte ich traurig sein oder wütend wegen etwas, das mich nichts mehr angeht. Ich habe keine Wahl, denn ich habe bereits gewählt. Tot bin ich, und Punkt. Und Ausrufezeichen. Und Fragezeichen, oh dieses Fragezeichen. Warum, Gott, auf diese Welt verzichten?

Versuchung, noch lange nicht ausgestanden.

Kampf, noch lange nicht ausgefochten.

Liebe, noch lange nicht ausgeliebt.

Der Chor hatte gesungen. Sie erinnerte sich, die Augen geschlossen. Gesang. Dann der Gang die Stufen hinunter hinein ins Wasser, Hand in Hand mit dem anderen Mädchen. Im blauen Wasser warten die Brüder: der Älteste, der Leiter der Gemeinde, und sein Stellvertreter. Das blaue Wasser ist erstaunlich blau und erstaunlich warm. Sie ist erleichtert, denn sie hatte den Schock eisiger Kälte erwartet. Durchs Wasser waten, Hand in Hand, in weißen Kleidern. Ein weißes Tuch auf dem Kopf, sie kommt sich vor wie ein Melkmädchen, sie ärgert sich sehr darüber, unter aller Heiligkeit und Feierlichkeit. Das Wasser steigt an ihnen hoch, als seien nicht sie es, die hineingestiegen sind, sondern als käme es ihnen entgegen. Chlorgeruch am frühen Morgen. Es ist ein Augusttag, und dieses Wasser ist nicht der Jordan, sondern das städtische Waldfreibad. Egal, denkt sie, egal, auch das hässliche Tuch soll ihr egal sein. Sie wollte es doch so, unter freiem Himmel im blauen Wasser, hier im Sommer zu sterben, als sei es eine Hochzeit.

Ohne sich anzusehen, lassen sie sich los, und jede schreitet durch das nun fast brusttiefe Wasser des Nichtschwimmerbeckens auf einen der beiden weiß gekleideten Brüder zu. Der Gemeindeleiter und sein Stellvertreter. Es ist eine

Ehre, ja, die Gedanken schwimmen, die Knie zittern, eine Ehre, vor der ganzen Menschenmenge, vor den hundert Zuschauern, die sich ans Becken drängen, vielleicht sind es mehr, vor ihnen allen ja zu sagen. Es zu bekennen, zu besiegeln. Doch zuerst die Frage. Glaubst du. Glaubst du, dass Jesus Christus für dich am Kreuz gestorben ist. Glaubst du das. Dass er deine Sünden auf sich genommen hat. Glaubst du das. Glaubst du, dass er auferstanden ist am dritten Tag.

Sehr viel, all das zu glauben.

„Ja", sagte sie. Hoffentlich laut genug, hoffentlich haben sie es gehört, alle, dieses Ja. Wie eine Hochzeit: Liebst du, willst du treu sein, das ganze Leben, in guten und schlechten –

Ja. Der Bruder hält seine Hand an ihren Rücken, und sie lässt sich nach hinten fallen, hält den Atem an, um kein Wasser zu schlucken. Sie lässt sich nicht nur fallen, sondern beugt die Knie, das eine Bein weiter nach vorne gerückt wie im Ausfallschritt, um sich später mit eigener Kraft aufrichten zu können. So hat man es ihr gesagt. Das Wasser schlägt über ihr zusammen. Einen Augenblick ist sie vom Wasser umgeben, ist da nur Wasser, nichts als Wasser, und sie ist tot. Dann wieder die Aufwärtsbewegung, die helfende Hand am Rücken, und das Wasser weicht, fließt von ihrem Gesicht herab, sie taucht auf aus der Taufe, aus dem Tod. Der Chor singt. Ich taufe dich auf dein Bekenntnis hin, hat der Bruder gesagt (eine Ehre ist es, von ihm getauft zu werden), ich taufe dich im Namen des Vaters und des Sohnes und des Heiligen Geistes. Amen, hat er gesagt. Und nun ist sie getauft und wartet, getauft, sie, Elsa, auf die andere, die von dem anderen Bruder getauft wird. Dieselben Fragen, dieselbe Antwort. Ja. Getauft finden sie wieder zusammen, fassen sich an den Händen, gehen zurück zu den Stufen. Nicht der Jordan, sondern das Nichtschwimmerbecken, und der Chor singt, und die Kleider kleben an ihrem Körper. Jetzt ist es kalt und klamm, sie weiß nicht, ob sie sich freut. Sie nimmt den Bademantel entgegen und läuft zur Umkleidekabine, schaut nicht zurück, um zu sehen, wie die nächsten beiden Täuflinge ins Wasser steigen. Hört nicht zurück auf den Gesang. Läuft eilig, triefend, getauft. Nicht in die Arme des Heilands, sondern zu Handtuch und Fön und ihren eigenen, trockenen Kleidern. Sie ist tot, aber es sind immer noch die kleinen Dinge des Lebens, die wichtig sind.

Elsa stand auf und trat ans Fenster, hinter dem draußen der Garten in Weiß und Kälte starr dalag. Sie dachte nicht darüber nach, dass auch sie sich kalt und weiß fühlte, erkältet bis zur Besinnungslosigkeit, verloren in einer Welt, an die sie sich nicht verlieren durfte. So weit dachte sie nicht. Als sie von der Tür her ihre jüngere Schwester rufen hörte, war ihr Herz auf einmal mit Wärme und Zärtlichkeit erfüllt. „Oma und Opa sind da!"

Elsa strich sich ein paar Strähnen aus dem Gesicht und rückte den Rock zurecht. Es war ein langer, dunkler Rock, eng geschnitten, und Elsa wusste schon, dass ihre Oma missbilligend die Nase rümpfen würde. Zu modern. Zu – was auch immer. Es war schwer, sich so anzuziehen, dass eine positive Reaktion erfolgte. Aber irgendeine Reaktion erfolgte immer. So auch jetzt, als sie ins Wohnzimmer kam und ihre Großeltern begrüßte. Ihre Oma, eine kleine dicke

14

Frau mit grauem Haar, das kaum unter ihrem rotgrün gemusterten Kopftuch zu sehen war, in einem hellblauen Kleid mit weißen Tupfen, das an ein sommerliches Hauskleid erinnerte, richtete ihre zugleich strengen und liebevollen Augen auf Elsa und sagte: „Oh Kind, wo hast du nur diesen Pullover her?" Der, Elsa hatte ganz vergessen, dass sie ihn trug, hatte überlange Ärmel ohne Bündchen. „Übertrieben", fand die Oma. Sie fand alles übertrieben, was die Jugend von heute anzog, ohne zu bedenken, dass Elsa, obwohl sechzehn Jahre alt, nicht zur Jugend von heute gehörte. Aber, wie sie immer sagte, auf die Jugend muss man achten und sie beizeiten warnen. Junge Leute neigen sehr leicht dazu, zu sündigen, sich von der Welt betrügen zu lassen oder gar zu ihr überzuwechseln.

Ihr Opa sah müde und traurig aus und machte keine Scherze wie sonst. Sie nahm sich vor, ihn später nach dem Grund zu fragen, aber das brauchte sie nicht. Mit siegesstolzer Stimme verkündete die Oma: „Das Teufelsding ist endlich weg!"

Sie hatte sich auf dem Sofa ausgebreitet, hinter den Schalen mit Obst und Süßigkeiten, und erzählte. „Gestern hat der Prediger noch gesagt, was für eine Sünde es ist, einen Fernseher zu haben, und dass manche heimlich einen haben, wegen der Nachrichten, wie sie sagen, aber das ist alles vom Teufel." Ihre Stimme wurde lauter vor Empörung über alles Teuflische. „Und nun ist es weg, und der Herr wird's uns vergelten!"

Elsa warf einen zweifelnden Blick auf ihren Opa, der mager und zusammengesunken im Sessel saß und auf seine Hände starrte. Also hatte er nachgegeben, der immer so et-

was wie der einzige Rebell in der Familie gewesen war. Mit ihm hatte sie manchmal, wenn die Oma nicht da war, Kinderfilme geschaut, am liebsten Tierfilme. Aber ihre Oma hatte schon seit Jahren unter diesem verbotenen Stück Welt gelitten. Die Argumente, die in der Brüdergemeinde gegen das Fernsehen geltend gemacht wurden, waren nicht sehr zahlreich, dafür umso aussagekräftiger. Götzenanbetung, das ist es, das sieht man doch, wenn eine ganze Familie vor so einem Kasten sitzt wie vor einem Altar, das ist Götzendienst. Auch in der Offenbarung des Johannes stand, dass der Fernseher ein Werkzeug des Antichristen war. Neue Nahrung hatten die Gegner durch die Satellitenschüsseln erhalten, auf denen SatAn stand – deutlicher konnte es nun wirklich nicht sein. Jeder Prediger, der von seiner Kanzel gegen den Fernseher wetterte, verwies auf dieses Zeichen. Wo Satans Name draufsteht, das gehört Satan, logisch.

„Warum?", fragte Elsa leise, enttäuscht. Seine Rebellion war, da sie daran teilgenommen hatte, auch ein bisschen ihre gewesen. Es hatte ihr gefallen, trotz des schlechten Gewissens.

„Sie wollte es so", sagte er und gab ihr damit zu verstehen, dass er seiner Frau zuliebe auf den Fernseher verzichtet hatte, nicht aufgrund seines eigenen Schuldbewusstseins. Elsa nickte, um ihr Verständnis zu zeigen, aber sie fühlte sich auch ein wenig traurig.

„Ja", meinte die Oma, „es ist nicht leicht, von lieb gewordenen Sünden zu lassen. Aber der Herr wird uns helfen."

Es klang schadenfroh, ironisch, aber es war weder das eine noch das andere. Elsa wusste, dass ihr Vater gleich beim Tischgebet dafür danken würde, was Gott an seinen

Kindern tat, wie er ihnen die Kraft zur Überwindung gab. Überwindung, das hieß, Sünden aufzugeben, sich gegen die Welt zu stellen, nicht der Versuchung zu erliegen. Ihre Schwestern, die den Tisch deckten, berockt und bezopft wie sie selbst, würden nun nicht mehr in der Versuchung stehen, dümmliche Serien sehen zu wollen. Freundinnen mit Fernseher hatten sie keine. Sie hatten überhaupt keine Freunde außerhalb der Gemeinde, es war gefährlich, Freundschaften mit Leuten aus der Welt zu pflegen. Außerdem wollte in der Schule niemand sonst etwas mit ihnen zu tun haben. Sie mussten zusammenhalten und aus der Not eine Tugend machen: Wir wollen euch ja gar nicht als Freunde, ihr, ihr von der Welt. Und so hielten schon die Kinder zusammen gegen das andere, das Fremde, gegen die Kultur vor der Haustür, die die Spuren des Teufels trug.

Der Tisch war nun gedeckt. Es war am späten Nachmittag, und um diese Zeit gab es, wenn Besuch da war, immer beides: Kaffee und Kuchen, aber auch Abendessen mit Brot, Fleisch und Salat. Elsa hatte diese Sitte schon immer gehasst, weil man sich so weder mit Kuchen noch mit Salzigem satt essen konnte, oder, wenn man von allem probieren wollte, sich den Bauch so vollschlagen musste, dass man selbst aufging wie ein Hefekuchen. Wie Oma, dachte Elsa, die sich kaum zwischen Stuhl und Tisch hineinquetschen kann. Zum Tischgebet mussten alle wieder aufstehen, denn im Sitzen durfte man nicht beten, und da die Stühle nicht weit nach hinten gerückt werden konnten – das Esszimmer war nur schmal –, musste man sich mit ganzer Kraft aufrecht halten und das Körpergewicht mit den Oberschenkeln auffangen. Der Vater betete sehr lange, dankte für Christi Erlösungswerk am Kreuz, dafür, dass wir Gottes Kinder sein dürfen, für die Bewahrung, für die Hilfe bei der „Überwindung". Schließlich dankte er für das Essen, endete mit einem lauten Amen, in das alle gemeinsam einfielen, und alle durften sich wieder setzen, dankbar, dass sie es geschafft hatten, sich so lange aufrechtzuhalten. Sie waren zu zehnt am Tisch: die Eltern, die Großeltern, Elsa und ihre fünf Geschwister. Sechs Kinder waren in der Brüdergemeinde nichts Besonderes, weniger als vier schon fast eine Auffälligkeit. In einer Glaubensgemeinschaft, in der Verhütung verrufen war und Kinder als eine Gabe Gottes galten, musste man sich fast wundern, dass die Familien nicht noch größer waren, dass zehn Kinder nicht der Durchschnitt waren, sondern eher fünf oder sechs. Jungverheiratete, die nach einem Jahr noch kein Baby oder einen dicken Bauch aufweisen konnten, wurden vorsichtig gefragt, ob sie nicht etwa krank seien, aber es gab nur wenig Paare, bei denen eine solche Frage nötig war, denn die meisten lieferten neun oder zehn Monate nach der Hochzeit den Beweis ihrer gesegneten Fruchtbarkeit.

„Reichst du mir mal den Zucker?"

Elsa fühlte sich ertappt, weil sie beim Essen solchen Gedanken nachhing. Aber die Vorstellung, einmal selbst eine große Familie zu haben, erfüllte sie mit Grauen. Dabei liebte sie ihre Geschwister und hätte auf keine Schwester und keinen Bruder verzichten wollen. Warum fiel ihr an diesem Tag nur so vieles an der Gemeinde auf, was ihr zuwider war? Anfechtungen, das war es. Es war eine Anfechtung, die Gemeinde, die doch ihr geistliches Zuhause war, nicht zu lieben. Man hatte ihr gesagt, dass Anfechtungen kommen würden, kommen mussten. Nur der, für den der Teufel sich nicht interessierte, weil er ihm sowieso gehörte, blieb davon verschont. Anfechtungen, das war alles, was einen daran hinderte, glücklich und zufrieden mit Jesus zu leben und sich nach seinen Geboten zu richten. Wenn du glücklich bist, hatte die Oma gesagt, dann sieh dich vor. Wer glaubt, dass er steht, muss zusehen, dass er nicht falle. Glück war verdächtig. Ein siegreiches Leben im Kampf gegen die Sünde, das war das normale Christenleben. Es konnte nicht gehen ohne Kampf, ohne die Anfechtung. Elsa war fast stolz, sich als eine Angefochtene ertappt zu haben. Um sich wehren zu können, musste man einen Überfall erst als solchen erkennen; um darüber hinwegschreiten zu können, musste man erst sehen, worin das Hindernis bestand.

Ich liebe meine Gemeinde nicht, stellte sie fest, dafür neige ich dazu, diese Welt zu lieben. Nein, sagen wir nicht Liebe. Ich neige dazu, mich für sie zu interessieren. Ertappt! Wieder eine Selbsttäuschung. Richtig muss es heißen: Ich interessiere mich für diese Welt, und mir tut es Leid, dass Opa keinen Fernseher mehr hat.

„Hast du ihn verkauft?", fragte sie. Kinder sollten bei Tisch nicht reden, aber mit sechzehn, fand sie, galt diese Regel nicht mehr für sie.

„Und jemand anders in Versuchung bringen?", warf die Oma ein. „Nein, er steht noch im Keller, und dann kommt er zum Sperrmüll."

Müll. Dreck. Unrat. Das waren die Verlockungen dieser Welt, egal, wie viel sie gekostet hatten.

Elsa nahm sich noch einen Zwieback oder Twoiback, ein selbst gemachtes Brötchen, das seinen Namen den zwei

Teigkugeln verdankte, aus denen es bestand, einer großen und einer kleinen, die wie eine zerflossene Murmel obenauf thronte. Als Kind hatte Elsa nur die kleinen Kugeln essen wollen, und auch jetzt brach sie sie als Erstes ab und steckte sie in den Mund, das übrige Brötchen zerteilte sie mit dem Messer und bestrich es dick mit Butter und Marmelade. Auch das, dachte sie, während sie aß, ist Welt. Sie warf einen Blick zu ihrer Oma hinüber, die mit Genuss eine Frikadelle und dann ein großes Stück Hefekuchen verschlang. Aber sie merken es nicht. Es ist Welt und Lust, aber wenigstens das haben sie noch nicht verboten.

2. Dazwischen

Sie machte sich Gedanken über ihre Zukunft. Etwas werden, etwas sein. Noch standen ihr alle Möglichkeiten offen, noch hatte sie sich, im Gegensatz zu den meisten in ihrer Klasse, noch nirgends beworben. Ihre Freundinnen sprachen davon, dass sie lieber gleich heiraten würden, anstatt noch eine dreijährige Ausbildung zu machen – wozu, wenn erst Kinder da waren und man sowieso zu Hause blieb? Nebenher Geld verdienen konnte man als Putzfrau oder mit Akkordarbeit. Sie saßen auf den Schultischen, wippten mit den in dicken Strumpfhosen steckenden Beinen und fühlten sich erwachsen, fühlten sich schon beinahe wie Ehefrauen und Mütter. Elsa, die zu allem geschwiegen hatte, sagte: „Ihr wisst ja gar nicht, ob ihr heiraten werdet."

„Warum nicht?", fragte ihre beste Freundin Katharina. „An mir ist doch nichts auszusetzen."

„Ich möchte studieren", brach es auf einmal aus Elsa heraus, wie eine Antwort auf die Frage, die schon so lange in ihr Kreise zog.

„Du hast ja nicht mal Abitur."

„Dann mache ich eben Abitur."

Sie war gut in der Schule. Die Qualifikation fürs Gymnasium würde sie auf jeden Fall bekommen. Eigentlich hätte sie schon von der fünften Klasse an aufs Gymnasium gehen sollen, ihre Grundschullehrerin hatte es empfohlen, hatte versucht, Elsas Eltern davon zu überzeugen. Wozu? Wir wollen nicht so hoch hinaus, hatte ihr Vater abgewehrt. Unsere Tochter soll nicht stolz werden. Sie, mit zehn Jahren, war es zufrieden gewesen, zusammen mit ihren Freundinnen in eine Klasse zu kommen. Widerspruch lag jenseits aller Möglichkeiten. Gymnasium? Alles, was über das Notwendige hinausging, war Welt, diente zur Eitelkeit, konnte einen von Gott entfernen. Sie, mit zehn Jahren, hatte keine Chance darin gesehen, aufs Gymnasium zu gehen. Doch nun sah sie sie, nun gingen ihr die Augen auf. Sie wusste noch nicht genau, welchen Weg sie einschlagen wollte, was studieren, aber das war auch nicht so wichtig. Wichtig war, diesen Weg jetzt zu beschreiten. Mit ihren Eltern fertig zu werden. Sie wusste, es würde Streit geben.

Und es gab Streit, sehr heftigen Streit sogar.

Wozu?, hieß es wieder und wieder. Wozu Abitur? Wozu uns auf der Tasche liegen, anstatt uns mit deinem Ausbildungsgeld zu unterstützen, und außerdem das neue Haus, und deine fünf Geschwister, und sie alle wollen und wollen, und nun auch das noch. So überflüssig, hieß es, und wenn du heiratest, hast du nicht mal einen Beruf. Es geht nicht um das Geld, um dein Seelenheil geht es, sie halten sich für so klug, diese Gymnasiasten, und die Lehrer sind alle Atheisten, und von der Evolution sprechen sie statt von der Schöpfung, und sie halten sich für so klug mit ihrer ganzen Wissenschaft.

„Es ist doch nur eine Schule", sagte Elsa.

Aber wozu? Nach zehn Jahren Schule, wozu noch mehr? Immer lernen und lernen, das ist nicht gesund. Das schadet Körper und Seele. Es könnte dich von deinem Glauben abbringen.

„Aber –"

Siehst du, es hat schon begonnen. Du widersprichst deinen Eltern. Wo gibt es so was, dass eine Tochter ihren Eltern widerspricht?

Wozu sollte ein Mädchen Abitur haben? Wozu sollte ein Mädchen studieren?

Aber, rebellierte es in ihr, aber. Aber ich will.

Um des Friedens willen!

Doch sie verzichtete auf den Familienfrieden. Dieses eine Mal setzte sie ihren Willen durch gegen den Willen der Eltern, das Unverständnis der Freundinnen, gegen die ungeschriebenen Ordnungen der Gemeinde. Es war nirgends festgelegt, dass christliche Mädchen nicht aufs Gymnasium durften, und doch waren unter den über tausend Schülern am Gymnasium nur zwei aus der Brüdergemeinde. Und ein Junge. Dabei war der Anteil der Kinder in der Stadt, deren Eltern zu einer solchen strengen Gemeinde gehörten, weitaus größer als der der „hiesigen" Kinder, wie die aus

Russland die Einheimischen nannten. Sie hatten die großen Familien, sie stellten den Schulen die Schüler, an der Realschule und den Hauptschulen waren es sicher mehr als die Hälfte. Dass sie auf dem Gymnasium Seltenheitswert hatten, das konnte doch nicht daran liegen, dass sie im Durchschnitt dümmer waren. Waren sie demütiger? „Das hat nichts mit Demut oder Stolz zu tun", behauptete Elsa und blieb bei ihrem Vorsatz. Wenn jemand sie nach ihren Berufsabsichten fragte, sagte sie „Lehrerin", denn das klang weiblich genug, um alle zufrieden zu stellen. Dabei hatte sie nicht unbedingt vor, Lehrerin zu werden. Sie hatte überhaupt noch nichts vor. Für die nächsten drei Jahre sollte es genügen, dass die Zukunft offen war, dass sie so viele wunderbare Möglichkeiten barg.

Sie glaubte. Sie drehte den Kugelschreiber mit feuchten Fingern um seine eigene Achse und glaubte. Sie hielt sich an diesem Stift, als könnte das, was in ihm lag, die Möglichkeit zu schreiben, sie vor der Möglichkeit retten zu reden.

Religionsunterricht, eine kritische Situation. Der Lehrer hatte gerade behauptet, die biblischen Geschichten seien Mythen, sollten zeigen, wie Gott sich den Menschen gegenüber verhält, ohne deswegen wörtlich genommen zu werden.

Elsa wusste, dass sie sich jetzt melden musste, dass sie ihren Glauben, wenn nicht zu bezeugen, so doch wenigstens zu verteidigen hatte. Sie wusste, dass alle es von ihr erwarteten, ihre Mitschüler, die anwesend waren, genauso wie ihre Mitgeschwister in der Gemeinde, die nicht anwesend waren. Nicht nur wörtlich, buchstäblich bitte!, müsste sie jetzt sagen. Versündigt euch nicht gegen Gottes heiliges Wort, er hat es zwar nicht selbst geschrieben, aber schreiben lassen, so wie es da steht, Wort für Wort, Komma und Punkt.

Aber sie sagte nichts. Sie glaubte gegen den Strom und schwieg. Ich habe es bezeugt, dachte sie, damals vor der ganzen Gemeinde, vor zweihundert Menschen, als ich ihnen vor der Taufe Rede und Antwort stehen musste, da habe ich es bezeugt: Ich glaube. Ich glaube, dass die ganze Bibel von Gott inspiriert ist. Das habe ich gesagt.

Aber jetzt in der Klasse sagte sie es nicht. Wer mich verleugnet, den werde ich auch verleugnen. War sie jetzt verdammt? Jesus würde auf jeden Fall traurig sein.

Erst nach der Stunde wandte sie sich an den Lehrer. „Glauben Sie wirklich, dass das nur Mythen sind?" Aber eigentlich war die Frage überflüssig. Er war evangelisch, natürlich war er da nicht richtig gläubig. Widersprechen sollte sie ihm, nicht nachhaken.

„Gott spricht zu den Menschen", sagte er und sah Elsa über den Rand seiner Brille freundlich an. „Ist es denn wichtig, ob das alles ganz genau so passiert ist?"

„Ja", sagte sie und ging hinaus in die Pause, ohne ihm zu sagen, warum das so wichtig war. Draußen stand sie allein, weil ohne Freundinnen, und hatte daher genügend Zeit, weiter darüber nachzudenken. Es war fundamental wichtig, ob die Bibel wörtlich zu verstehen war. Ihr Rock, den sie hasste, weil er sie von den anderen Mädchen trennte, ihr Zopf, ihre ganze verhasste Erscheinung war das Ergebnis fundamentalistischer Bibelauslegung. Weil sie ihr Leben Gott geschenkt hatte, war sie verpflichtet, so zu leben, wie

Gott sich das Leben eines Menschen vorgestellt hatte und wie es in der Heiligen Schrift geschrieben stand. Wie es da stand, das war der Punkt. Frauen sollen keine Männerkleidung tragen – galt das für alle Zeiten? Oder konnten in einer Gesellschaft, in der es sich die Frauen erobert hatten, Hosen zu tragen, diese irgendwann auch für Frauen, die keinen Wert auf Männersachen legten, zulässig sein? Elsa wurde sich bewusst, dass sie viele verschiedene Fragen durcheinanderzuwerfen begann. Wörtlich oder nicht, kulturbedingt oder nicht, wichtig oder nicht – das alles wirbelte durcheinander, brachte ihre Gedanken und ihren Glauben in Unordnung. Das Sicherste war, an dem, was sie gelernt hatte, festzuhalten: an den Regeln der Gemeinde. Da war die Sicherheit, Gottes Gebote zu erfüllen und kein wichtiges Gesetz zu übersehen, am größten. Sicherheit contra Freiheit … Anfechtungen. Na ja, man hatte sie gewarnt. Was in der Menge der Gläubigen unanzweifelbar war, wurde wankend, wenn man ganz allein stand, auf sich selbst angewiesen und dem eigenen Zweifel ausgeliefert. Gegen den Strom. Das war ihre Pflicht, ihre Mission: gegen all die fremden, ungeistlichen Gedanken anzuglauben. Aber sie schämte sich ihres Aussehens. Inmitten der anderen Brüdergemeinde-Mädchen war sie sicher gewesen, doch hier auf dem Gymnasium, allein, ein Fremdkörper zwischen den Modernen, den Flippigen, den Pop- und Techno-Fans, den Punkigen, zwischen Buntheit und brutaler Andersartigkeit, hier mit Rock und Zopf wie eine aus einer anderen Welt zu leben, das war mehr als Anfechtung. Es war Demütigung und Ausgestoßensein, Zielscheibe sein von Spott und Gleichgültigkeit. Auch Gleichgültigkeit konnte wie eine Waffe abgefeuert werden, konnte treffen und verletzen. Du bist so anders, dass wir nicht einmal erwägen, dich zu uns gehören zu lassen. Das hieß es. Und so saß sie auf ihrem Platz, ohne viel mit anderen zu reden, oder stand draußen auf dem Pausenhof abseits, wie eine Fremde. Wie eine Ausländerin, die eine andere Sprache spricht. Aber die ausländischen Schüler wurden weniger gehasst als sie. Dabei hielt sie sich zurück, wenn es ihre Pflicht gewesen wäre, von ihrem Glauben zu reden. Sie hielt sich zurück, weil sie nicht mehr wusste, ob es ihr Glaube war. Zurückhalten, als wäre sie ein gezügeltes Pferd, als legte sie sich selbst Gesetze auf, als hätte sie nicht schon genug Gesetze zu erfüllen. Als wäre auch dies ein Gesetz: Gesetze zu brechen.

Je einsamer sie in der Schule war, umso stärker versuchte sie, Gemeinschaftsgefühl in der Gemeinde zu genießen. Dazugehören, aufgehen in der Masse, nicht auffallen, nicht anders sein, und mehr noch, nicht nur nicht anders sein, sondern vollkommen integriert, ein Teil des Ganzen, ein Stein in dem Gebäude, das die Gemeinde Jesu war. Es war nicht nur eine Frage des Glaubens, sondern eine Frage der Volkszugehörigkeit, der Nation und der Kultur. Sie war nicht nur unter Mennoniten, sondern unter Russlanddeutschen. Das war wichtig, obwohl sie nicht ganz verstand, warum. Aber sie fühlte sich, wenn sie sich von außen, mit den Augen ihrer Mitschüler sah, nicht als gläubige Christin erkannt, sondern als Russlanddeutsche. Eine Minderheit, obwohl in dieser Stadt eine das Stadtbild prägende, aufdringliche Selbstverständlichkeit: Russlanddeutsche. Nicht einfach Deutsche aus Russland, Deutsche aus einem anderen Land, die zurückgekehrt waren in die Heimat der Vorfahren, in die eigene Heimat, sondern immer noch Fremde, Andersartige. Sie sprachen nicht nur Hochdeutsch, sondern auch und vor allem Plattdeutsch, und dieses Platt prägte ihre Aussprache. Sie waren anders, und sie, Elsa, obwohl nicht einmal in Russland geboren und daher bestimmt keine Deutsche aus Russland, war trotzdem, aufgrund ihrer Familie, ihrer Verwandtschaft, ihrer Gemeinde, eine Russlanddeutsche. Die Welt, in der sie lebte – abgesehen von der Schule, die wie eine Insel aus ihrem sonstigen Leben herausstach –, war eine russlanddeutsche Welt.

Auf der Suche nach der eigenen Identität, nach der jeder junge Mensch mehr oder minder intensiv sucht, fand sie ein Stück Identität in diesem Russlanddeutschsein, das sich mit ihren Kleidern und ihrer Frisur und ihrem Glauben wie eine zweite Haut an sie heftete. Sie fand sich darin und befand diese Zugehörigkeit mit einem Akt des Willens für gut. Sie musste es gut finden, um sich nicht selbst zu hassen mit dem Hass der anderen, zu verachten mit der Verachtung der anderen, um sich nicht selbst fremd zu sein. Sie, Elsa, zwischen zwei Kulturen, zwischen zwei Welten, hielt an ihrem Glauben fest, der ihr die Mitgliedschaft zu wenigstens einer Welt garantierte.

3. Von Eitelkeit, Musik
und anderen Teufeleien

Sie war aktiv. Sie hatte so viel zu tun, fast blieb keine Zeit zum Nachdenken, zum Sichdarüberklarwerden, wer und was man war. Gottesdienste, zwei an jedem Sonntag, Jugendstunde, Bibelstunde, Chorübstunde. Sie machte auch in der Sonntagsschule mit, die am Samstagnachmittag stattfand, und erzählte den Kindern dort biblische Geschichten. Sie hatte Klavierunterricht. Sie musste viel lernen; gute Zensuren waren wichtig, damit ihre Eltern sahen, dass sie das Richtige tat, dass sie das konnte. Was blieb noch für den Zweifel oder den Glauben, was blieb außer dem Ruf „Gott", hin und wieder: Gott. Und man kann auch nicht sechzehn sein und siebzehn werden, ohne sich über die Liebe Gedanken zu machen. Liebe, ja, wenn es so etwas gegeben hätte für sie. Die Jungen in der Schule sahen in ihr nicht die Frau, die sie wurde, sondern nur die andere, die Außerirdische, und auch für sie kamen diese „hiesigen" Jungen nicht in Frage, denn es waren natürlich keine Christen. Einem Christen musste man seinen Glauben ansehen, und ihnen sah man es nicht an, überhaupt nicht. Sie waren so gar nicht – lieb. Die Jungen in der Gemeinde gefielen ihr nicht, und sie ihnen auch nicht, denn sie war eine Bedrohung für jeden christlichen jungen Mann, weil sie aufs Gymnasium ging. Ein christlicher Mann hatte das Recht auf eine gläubige, gehorsame Frau, und Elsa stand schon jetzt in dem Ruf, „stolz" zu sein.

Und sie fand sich auch nicht schön. Sie konnte sich nicht vorstellen, dass irgendein Junge, ob nun gläubig oder nicht, sich in sie verlieben konnte. Sie stellte sich vor den Spiegel, obwohl es eine Sünde war, zu lange in den Spiegel zu schauen (ja, sie war wohl doch stolz, zugegeben), und betrachtete ihr Gesicht. Sie ähnelte ihrer Oma. Ja, ganz deutlich, nur die Rundlichkeit fehlte, ansonsten war alles da: die verkniffenen Augen, die große Nase, die vorspringenden Wangenknochen. Die streng zurückgekämmten Haare machten aus ihrem Gesicht eine alte, hagere Fratze. Unerträglich. (Scheußlich, Gott, kannst du gewollt haben, dass eine Sechzehnjährige so aussieht, und dass gerade ich das bin, die so aussieht?) Das Haar ist der Frau zum Schleier gegeben, wiederholte sie die Worte der Prediger. Oder stand das so in der Bibel? Musste es wohl. Aber warum die Haare dann flechten und aus dem Gesicht verbannen, als könnte jede vorwitzige Strähne die Männer in Raserei versetzen? Vielleicht deshalb, dachte sie und hasste ihr Spiegelbild, vielleicht um gerade nicht attraktiv zu sein, um sich gerade nicht schön finden zu können. Oder gab es einen gläubigen Geschmack und einen ungläubigen? Das ist aber ein schönes Mädchen, sagten ihre Eltern manchmal über eine besonders ordentliche junge Schwester. Vielleicht, dachte Elsa, bin ich einfach nicht gläubig genug, um darin Schönheit zu sehen?

Sie breitete ihre Schönheit aus. Vor Gott legte sie ihre ganze Schönheit, ihr ganzes Jungsein hin. Ein Zopf, eine

Bluse, ein Rock. Keine kurzen Haare, keine dauergewellten Haare, keine gefärbten Haare, keinen Pony, kein Make-up, keinen Schmuck, keinen Ausschnitt, keine zu kurzen Ärmel, keine zu langen Ärmel, keinen zu kurzen Rock, keinen zu langen Rock, keinen zu engen Rock, keinen zu weiten Rock, keine hochhackigen Schule. Keine Schönheit, keinen Stolz. Keine Albernheiten, keine „Unzüchtigkeiten", was auch immer das sein sollte. Gott, meine Schönheit, mein Jungsein. Keine, keine.

Gott.

Keine, keine.

Für eine Frau ist es wichtiger, innerlich schön zu sein als äußerlich. Vor Gott ist es wichtiger. Und den Männern eine demütige, tüchtige, gehorsame Frau.

(Ob sie nicht manchmal lieber eine schöne Frau haben wollten? Oder woher kam das Gerücht, auch in der Gemeinde, unter den frommen Brüdern, gebe es Bordellbesucher …)

Aber es wurde geheiratet, so viele Hochzeiten, fast jede Woche im Sommer ließen sich zwei trauen, die nicht schön waren.

Aber wahrscheinlich fanden sie sich schön. Man war doch schön für den, der liebte?

Manchen Mädchen, musste Elsa neidvoll eingestehen, stand die strenge Frisur, manchen, deren Gesicht schön war, die eine makellose Haut hatten und wundervolle Augen, brachten die züchtig zurückgekämmten Haare etwas ein. So bei ihrer Freundin Katharina – sie sah gut aus, trotz allem. Und sie hatte auch schon einen Freund, was sonst niemand wissen durfte, denn man musste den Beginn jeder

Freundschaft anmelden und wurde daraufhin zur baldigen Heirat gedrängt, damit ja nichts vor der Hochzeit ablief. Katharina wollte aber noch nicht heiraten.

„Ich muss doch wenigstens meine Ausbildung fertig machen", klagte sie und wippte mit den wohlgeformten Beinen, die in auffällig gemusterten Strümpfen steckten.

„Bist du sehr verliebt?", fragte Elsa.

„Ich glaube schon." Katharina spielte mit dem Ende ihres langen Zopfes. „Er sieht so unauffällig aus, aber er ist gar nicht ohne."

Elsa, die Eugen nicht ausstehen konnte, hakte nach: „Was meinst du damit?"

„Na, du weißt schon. Er geht ganz schön ran."

Elsa wusste eben nicht, was das hieß, wie weit Eugen ging, wie weit Katharina ihn gehen ließ. Es hörte sich jedenfalls ganz schön sündig an.

„Ihr betet doch auch zusammen?", fragte sie vorsichtig.

„Natürlich." Es klang nicht sehr überzeugend.

„Und ihr sprecht über geistliche Dinge?"

„Du kannst ja mal mitkommen und auf uns aufpassen", schlug Katharina vor. „Wir können zusammen irgendwohin gehen – essen zum Beispiel – oder ins Kino."

„Ins Kino!" Ins Kino zu gehen war tausendmal schlimmer als Fernsehen. Das Kino war Welt pur, und Elsa, obwohl selbst oft mit Zweifel und Auflehnung beschäftigt, war entsetzt. Wie eine Eingebung, ein göttlicher Auftrag, kam ihr der Gedanke, sie müsste auf ihre Freundin aufpassen, die ganz offensichtlich einen falschen Weg einschlug. Katharina machte sich keine Sorgen über Haare und Kleidung oder darüber, nicht gut auszusehen, sie sah ja sowieso gut aus. Sie fühlte sich offensichtlich sicher in ihrem Glauben, und wie groß war da die Gefahr!

Aber Elsa vergaß ihre Sorge um Katharina, als sie wenig später selbst zum Essen eingeladen wurde. Nach der Jugendstunde kam Waldemar auf sie zu, ausgerechnet Waldemar, und fragte sie mit hochrotem Gesicht, ob er sie einladen dürfe. Sie nahm an, mehr aus Schreck als aus Freude, denn dass sie ihm gefallen könnte, daran hatte sie nicht im Traum gedacht. Waldemars Familie war sehr angesehen in der Gemeinde, sein Vater ein wichtiges Mitglied im Bruderrat, zu dem wie zu einer Gruppe von Bischöfen aufgesehen wurde. Seine Kinder waren besonders vorbildliche Christen, und Waldemar hatte auch schon einige Male predigen dürfen und war im Gespräch als nächster Jugendleiter. Aber als er sie ansprach, wirkte er so jung und schüchtern, dass Elsa ihm seine neunzehn Jahre nicht abnahm und sich einen Augenblick lang fragte: Wieso glaubt er, ich würde mit so einem heiligen Knaben wie ihm ausgehen?

Ja, sagte sie jedoch, gut, und ging mit ihm hinaus und stieg neben ihm ins Auto, ohne ihn anzusehen.

Magst du Griechisch, fragte er, den Blick nach vorne, ja ja, sie nickte, der Mund trocken, ja, sie war so aufgeregt, ihr Herz hämmerte wild. Und sie genoss es, ja, sie war imstande, diese merkwürdige Autofahrt zu genießen, obwohl sie nicht wusste, ob sie diesen Jungen überhaupt mochte. Seine Hand auf dem Lenkrad war blass und knochig. Hände und Haut, behaart, Fleisch, es zu begehren oder nicht zu begehren, und, nein, über so etwas durfte sie nicht nachdenken. Haarige Männerhände auf weißer Mädchenhaut, wie sich das anfühlen würde. Nein, über so etwas durfte sie wirklich nicht nachdenken. Gott, mach, dass ich mich nicht blamiere. Dass ich mich nicht verschlucke und ständig rot werde oder sonst etwas Furchtbares. Es gab genügend furchtbare Dinge, die beim ersten Rendezvous passieren konnten.

Er fand einen Parkplatz und hielt. Ihr Herz klopfte wild, als er sie ansah. Hässlich war er nicht. Sein langweiliger Kurzhaarschnitt stand ihm nicht besonders, aber sein haarloses Gesicht, in dem nicht einmal der Ansatz eines Bartes zu erahnen war, war nicht hässlich. Ein Jungengesicht, aufgeregt und irgendwie auch glücklich. Sie wandte den Blick ab, verlegen. Zu lange gestarrt, wie peinlich.

Sie gingen hinein, sie setzten sich, sie blätterten sich durch die Karte.

„Was möchtest du?"

Sie wusste es nicht. Sie war noch nie essen gewesen, ihre Eltern gaben ihr kein Geld für solche überflüssigen Vergnügungen.

„Was nimmst du denn?"

Er suchte etwas aus, er bestellte. Die Bedienung brachte ihnen schon die Getränke. Elsa drehte das Saftglas in den Händen.

„Du gehst noch zur Schule?", fragte er, obwohl er es natürlich wusste.

„Ja", sagte sie, „und du?"

„Ich bin Mechaniker", sagte er.

Sie sah auf seine Hände, auf seine dünnen Finger und die dicken Gelenke.

„Aber es gefällt mir nicht", fuhr er fort, „ich werde wohl zur Bibelschule gehen. Wie findest du das?" Er sah auf, plötzlich ängstlich.

„Das ist ja großartig", fand Elsa und sah ihn erleichtert aufatmen.

Auch in einer Gemeinde, die die Bibel zum Maßstab ihres Tuns und Denkens machte, war es nicht von jedem gern gesehen, dass die jungen Leute zur Bibelschule gingen. Drei Jahre Unterricht in Bibelkunde, praktische Einsätze in Gemeinden und auf Freizeiten, missionarische Tätigkeiten, das war, so gut es auch klang, gefährlich. Drei Jahre ohne den wachenden Einfluss der Gemeinde, anderen Ansichten und Einsichten ausgesetzt, wer konnte sagen, was für Leute da zurückkamen, um vielleicht das Gift falscher Lehre unter die Gemeinde auszustreuen. Vielleicht würden die, die zurückkamen, auf die Prediger herabsehen, die keine theologische Ausbildung hatten, vielleicht würden sie versuchen, etwas zu verändern.

„Wann willst du denn dorthin?", fragte Elsa.

„In diesem Herbst schon. Ich habe mich schon angemeldet."

Er war so unsicher, dass sie ermutigend sagte: „Es wird bestimmt eine wertvolle Zeit."

„Man lernt da ja auch, besser zu predigen. Ich habe das Gefühl, dass Gott mich da haben will. Die Gewissheit."

Elsa fand so eine Gewissheit eine gute Sache. Sie dachte an ihre Eltern, die sich wundern würden, warum sie nach der Jugendstunde nicht gleich nach Hause kam.

Endlich war das Essen fertig und auf ihrem Tisch, und sie durften loslegen. Das taten sie, aber langsam, denn nach dem Essen würde er sie wahrscheinlich nach Hause bringen, und bis jetzt war noch nichts passiert, was eine zweite Einladung rechtfertigen würde. Aber Waldemar war noch nicht bereit, so schnell aufzugeben. Er war neunzehn Jahre alt und hatte, soviel Elsa wusste, noch nie eine Freundin gehabt.

„Du spielst doch Klavier", meinte er, „willst du nicht in unserer Instrumentalgruppe mitspielen?"

Es war eine Ehre, aber sie musste ablehnen. „Ich bin noch nicht so weit."

Bald waren sie in ein Gespräch über Musik verwickelt, und ihre Wachsamkeit ließ nach. Da sie nicht mehr so darauf achteten, wie sie auf den anderen wirkten, ließen sie sich jedoch auf ein Thema ein, bei dem sie nicht einer Meinung waren und bei dem ihre Gemüter sich erhitzten. Dass Rockmusik Sünde war, darin waren sich beide einig, doch dass auch klassische Musik okkult und verboten war, wollte Elsa nicht einsehen.

„Mozart war okkult belastet", sagte Waldemar überzeugt, „und deshalb hat auch seine Musik einen schlechten Einfluss. Ich habe von einer Musikerin gelesen, die von einem bösen Geist besessen war, weil sie immer Mozart gespielt hat, und der musste erst ausgetrieben werden, bevor sie wieder ein normales Leben führen konnte."

„Ich habe noch nie etwas Böses gespürt, wenn ich Mozart gehört habe."

„Wer richtig mit dem Heiligen Geist erfüllt ist, müsste den Unterschied merken."

„Vielleicht ist gar keiner da."

„Ich habe aber gelesen –"

„Ach!", machte Elsa ungeduldig.

„Man darf sich nicht von allem beeinflussen lassen. Es ist wichtig, ob das, was man liest und hört und sieht, von einem Christen stammt oder nicht."

„Darf ich wenigstens Tapeten in einem unchristlichen Geschäft kaufen?"

„Jetzt ziehst du das alles ins Lächerliche", beschwerte Waldemar sich. „Dabei ist das eine wirklich wichtige Angelegenheit. Es geht schließlich um das Seelenheil. Damit darf man nicht spaßen."

Er war so ernst, so von heiligem missionarischen Eifer erfüllt, dass er das Fleisch auf seinem Teller kalt werden ließ, um sie, Elsa, in der er vielleicht schon seine zukünftige Frau sah, zu überzeugen.

„Dann darf ich bestimmt auch nicht Goethes ‚Faust' lesen?"

„Goethes Faust?", fragte er verwirrt.

„Lesen wir in der Schule. Da geht es um einen Pakt mit dem Teufel."

„Das haben wir in der Schule nicht gemacht", sagte er gequält. „So etwas hätten mich meine Eltern niemals lesen lassen."

„Meinen habe ich es nicht erzählt", meinte Elsa fröhlich. „Wozu sie unnötig aufregen?"

„Unnötig? Wieso unnötig? Das klingt wirklich okkult, Elsa, lass die Finger davon, der Lehrer wird es bestimmt verstehen, wenn du ihm deine Gründe klarmachst."

„Es gefällt mir." Sie empfand Vergnügen dabei, ihn entsetzt zu sehen und sein Entsetzen mit unpassenden Bemerkungen noch zu steigern. „Und die Hexen erst …"

„Was? Auch noch Hexen?" Auf einmal lachte er. „Das gefällt dir gar nicht. Du willst mich bloß provozieren. Wozu? Du solltest dich wirklich nicht mit so etwas beschäftigen, glaub mir. Was würde Jesus dazu sagen?"

Das saß. Was sagst du dazu, Jesus? Sie horchte in sich hinein, nach einem Gefühl, einer Antwort. Nahm sie das alles zu leicht?

„Du solltest dich von denen auf dem Gymnasium nicht so beeinflussen lassen."

Sie schwieg und kaute.

„Man sollte sich hüten vor Sachen, die mit dem Teufel zu tun haben. Wie diese Teufelspizzeria. Wie können die sich so nennen und denken, dass das gut geht? Kein Wunder, dass der Laden dichtmachen musste. Ich bin da nie hingegangen."

„Meine kleine Schwester hatte Schulbücher, in denen ein kleines Teufelchen war, auf fast jeder Seite. Aber die Eltern haben sich gewehrt, und die Schule musste andere Bücher bestellen."

„Siehst du", sagte Waldemar, „man kann sich wehren, wenn man nur will. Gott segnet uns, wenn wir für sein Reich eintreten."

„Ja", sagte Elsa, die keine Lust mehr hatte, sich zu streiten. „Ja, so ist es wohl."

Danach brachte er sie nach Hause.

Das unvermeidliche „Wo bist du nur gewesen". Oh, mit Waldemar. Oh. Ah. So eine angesehene Familie …

Als sei es eine Ehre. Elsa ärgerte sich insgeheim. Sie schimpfen nicht, sie machen sich Hoffnungen. Jetzt wird doch noch was aus unserer Tochter.

„Er wird zur Bibelschule gehen", sagte sie.

Oh. Enttäuschung. Dann dauert es ja noch drei Jahre bis – bis –

„Mama", sagte Elsa, „Mama, wir waren nur essen. Wer sagt, dass ich ihn heiraten will?"

„Hat er denn keine ernsten Absichten?", fragte ihr Vater sofort alarmiert.

Sie seufzte. Sie resignierte. Es hatte keinen Zweck, sich über Luftschlösser aufzuregen, sowenig es einen Zweck hatte, sich für etwas Teuflisches wie für Goethes ‚Faust' einzusetzen.

4. Eine Hochzeit und ein Skandal

Und Katharina, gerade achtzehn, heiratete. Sie bat Elsa, ihre Brautführerin zu sein, mit Waldemar zusammen. Elsa, der dieses „zusammen" gar nicht so recht war, wollte ihrer besten Freundin keinen Wunsch abschlagen und stimmte zu. Dabei war der bloße Gedanke fürchterlich. Das ganze Bethaus voll mit um die vierhundert Gästen, und diesen vierhundert Gesichtern auf der Empore gegenüberzusitzen – diese Vorstellung war nicht gerade verlockend. Aber sie sagte ja, wie sie immer und zu allem ja sagte, sie stimmte zu und ging auf die Suche nach einem Kleid. Schön musste es sein und anständig und nicht zu auffällig und nicht zu teuer und, ja doch, schön. Sie begleitete auch ihre Freundin bei der Suche nach einem Hochzeitskleid, was nicht leicht war, denn alles, was Katharina gefiel, war viel zu gewagt. Schließlich schloss sie einen Kompromiss und wählte ein Kleid mit langen Ärmeln und einem ganz leichten Ausschnitt. Und der Schleier –

Aber im Grunde war Elsa das Brautkleid ihrer Freundin so ziemlich egal.

„Warum schon jetzt?", fragte sie. „Wartet doch noch ein bisschen."

„Du weißt ja nicht, wie das ist", meinte Katharina und wurde rot, „gar nicht so leicht, zu warten."

Elsa wurde ihrerseits rot und wandte ihr Gesicht ab. Über so etwas sprach man doch nicht.

Und dann die Hochzeit. Der Fototermin mit den beiden Familien und den Brautführern. Waldemar flüsterte ihr ins Ohr: „Du siehst so hübsch aus."

Aber es war natürlich die Braut, die die Schönste war.

Vom Fotografen zur Gemeinde, wo der Älteste schon auf sie wartete.

„So nicht", sagte er nach einem einzigen Blick, „so geht das nicht. Mit diesem Kleid kannst du nicht heiraten."

Und Tränen und aufgeregte Mütter mit Tüchern und Schals, die sie um Katharinas Hals legten. „Zieh's noch mal aus, wir nähen da noch was dran –"

„Dass uns das nicht aufgefallen ist!"

Weil da nichts ist, deshalb, dachte Elsa, nicht einmal der Brustansatz ist zu sehen, nur schaut dieser Lustmolch wohl tiefer, als er sollte …

Wieder bei einem sündigen Gedanken ertappt. Über die Brüder dachte man nicht schlecht. Schließlich trugen sie

И '01

die Verantwortung und würden von Gott zur Rechenschaft gezogen werden. Sicher war es nicht leicht, Verantwortung für viele hundert Seelen zu tragen. Aber der Ärger kochte in ihr.

Und sie war Brautführerin. Ja, sie führte die Braut, die blind war vor Tränen, zurück ins Auto, saß neben ihr, als sie in Windeseile nach Hause fuhren, half ihr, das Kleid auszuziehen, das zum Stein des Anstoßes geworden war. Von irgendwoher holte die Mutter ein Stück weißen Stoffes hervor und nähte ihn an das teure Kleid. Es sah nicht gut aus, aber das konnte man jetzt nicht ändern.

„Ich will nicht“, schluchzte Katharina, „so will ich nicht heiraten!“

„Du ziehst das jetzt an!“, befahl die Mutter. „Und schnell, schnell!“

Der von der Friseurin festgesteckte Schleier war verrutscht und musste noch zurechtgezupft werden, aber nichts fiel so auf wie das verheulte Gesicht der Braut.

Wieder ins Auto, zum Bethaus, wo der Bräutigam schon vor der Tür wartete und wo die Gäste schon unruhig wurden auf den Bänken.

„Wo bleibt ihr denn? Das ist ja peinlich –“

Der Älteste schaute und nickte.

Musik (allerdings nicht der Hochzeitsmarsch, sondern ein Chorlied). Das Paar ging Arm in Arm hinein, den langen Gang zwischen den Bänken der Frauen und den Bänken der Männer hinauf zu ihren geschmückten Plätzen, Elsa und Waldemar Arm in Arm hinterher. Zu viert saßen sie dann neben der Kanzel, von wo der Prediger die Gäste begrüßte. Elsa hörte nicht zu, noch flog ihr Atem von der Hektik, dem Ärger, noch ging ihr Puls wie rasend. Wie viel Hals könnt ihr ertragen? Wie viel Dekolleté könnt ihr aushalten, ohne sündige Gedanken zu bekommen? Reicht das kleinste Stück Haut, um euch rasend zu machen?

Oh Gott, verzeih, ich bin so wütend …

Sie bemühte sich um Konzentration. Der Prediger sprach von der Ehe, von der schweren Zeit, die auf die jungen Leute zukam. Elsa sah in die vielen Gesichter vor ihr. Viele der älteren Frauen hatten Tränen in den Augen, es würde nicht mehr lange dauern, bis sie zu weinen anfingen. Schwester Katharina, Bruder Eugen, ihr seid hier, um in den heiligen Bund der Ehe einzutreten … Unauflöslich und so weiter. In guten und in schlechten Tagen. Die Ordnung der Ehe: Die Frau sei dem Mann untertan. Ja, das ist die göttliche Ordnung, der jeder Christ zustimmt; wer nicht zustimmt, ist kein Christ. Der Mann wird die Verantwortung tragen für die Familie, ja, Bruder Eugen, du wirst die Verantwortung tragen für deine Familie, für deine Frau und die Kinder, die ihr haben werdet. Gott möge euch viele Kinder schenken. Lasst es euch bloß nicht einfallen, eines dieser von Gott gewollten Kinder zu verhindern. Und die Frau sei tüchtig und fleißig, dann ist sie eine Perle. Schönheit ist nichts, aber wenn sie tüchtig ist, erfreut sie das Herz ihres Mannes. Wie schlimm ist es, wenn die Frau faul ist und nicht arbeiten will! Es gibt junge Mädchen, die wollen heiraten und können noch nicht mal kochen, noch nicht mal die Waschmaschine anstellen. Liebe Schwester, lieber Bruder, nicht ich sage das, Gott selbst spricht da zu euch, durch mich, seinen demütigen Diener.

Am besten ist es, gar nicht zu heiraten, dachte Elsa. Wozu all diese Schwierigkeiten, diese Demütigungen, diese zig Kinder, wozu das alles. Sie warf Waldemar einen schnellen Blick zu. Sieht er uns auch schon so hier sitzen? Und mich ihm untertan?

Nach der dritten Predigt endlich die Fragen.

Bist du, Bruder Eugen Wiebe, bereit, die neben dir stehende Katharina Wiebe, geborene Dyck, zu deiner Frau zu nehmen, sie zu lieben, zu ehren und zu achten, mit und für sie zu beten, sie zu versorgen, in guten und in schlechten Tagen, und das so lange, bis dass der Tod euch scheidet?

Ja, mit Gottes Hilfe.

Bist du, Schwester Katharina Wiebe, geborene Dyck, bereit, den hier neben dir stehenden Eugen Wiebe zu deinem Mann zu nehmen, ihn zu lieben und zu ehren und ihm untertan zu sein, mit und für ihn zu beten, in guten und in schlechten Tagen, so lange, bis dass der Tod euch scheidet?

Ja, mit Gottes Hilfe.

So seid ihr denn nun Mann und Frau. Was Gott zusammengefügt hat, das darf der Mensch nicht scheiden.

Danach wurde gebetet. Die Brautleute beteten und dann die Eltern von Braut und Bräutigam, die Mütter kaum zu verstehen, so weinten und schluchzten sie.

Die „Begrüßung": Die jungen Eheleute überreichten ihren Eltern Geschenke. Umarmungen. Im Hintergrund ein Lied über die verlorene Kindheit. Und sie weinten. Der ganze Saal weinte, die alten Frauen und die jungen, und sie genossen es zu weinen. Ohne das ist es keine richtige Hochzeit, pflegten sie zu sagen. Das gehört dazu.

Noch ein Chorlied.

Dann wurde der Braut der Schleier abgenommen und ihr ein weißes Tuch umgebunden, ein zu einem schmalen Streifen gefaltetes Tuch, das hinten festgeknotet wurde. So ein Tuch, wenn auch nicht unbedingt ein weißes, würde Katharina von nun an tragen müssen, im Gottesdienst, aber auch auf der Straße. Manche Frauen nahmen es nie ab, außer zum Schlafengehen.

Aber Katharina lächelte wieder. Ließ sich umarmen und die Hand schütteln. In einem Nebenraum nahm das Paar die Glückwünsche und die Geschenke entgegen, die sich auf mehreren Tischen stapelten.

Dann das Mittagessen: Kasselerbraten mit Kartoffeln und Salat. Die Kellerräume des Bethauses boten nicht für alle Platz, deshalb wurde in zwei Etappen gegessen. Elsa gehörte als Brautführerin natürlich zur ersten Gruppe. Sie saß neben Katharina und reichte ihr die Schüsseln, aber die frisch gebackene, frisch betuchte Ehefrau hatte keinen Appetit.

„Hoffentlich ist das alles bald vorbei."

Dabei war der Tag noch lang. Nach dem Essen würde es noch ein buntes Programm geben und danach noch Kaffeetrinken, und danach würde die Jugend noch zusammen sein. Warten also. Elsa hätte am liebsten gefragt: Freust du dich? Darauf, dass das Warten bald endlich ein Ende hat? Aber natürlich fragte sie das nicht.

Waldemar sah zu ihr herüber, und sie dachte: Warten betrifft uns alle. Obwohl sie, wenn sie sich die jungen Männer ansah, die in der Nähe saßen, nicht das Gefühl hatte, dass es besonders schwer war zu warten. Was sie sah, waren Menschen beim Essen, gläubige Gesichter, die sich alle irgendwie glichen, und nirgends war die Verheißung von Leidenschaft und Feuer. Ob sich das Brautpaar wohl schon verzehrte in Sehnsucht nacheinander? Aber Katharinas Augen waren nur müde, nicht voller wahnsinniger Lust. Besser, wenn die Hitze nicht so groß ist, pflegten die älteren Frauen zu sagen. Vielleicht pflegten sie deshalb auch bei jeder Hochzeit zu weinen, weil sie wussten, dass das, was danach kam, kalt war und wehtun würde …

„Seid ihr ein Paar?", fragte Katharina, die sich, wie Elsa fand, auffällig wenig mit ihrem Eugen unterhielt.

„Sieht es danach aus?", fragte Elsa erschrocken.

„Nichts bleibt verborgen", meinte Katharina und lächelte auf einmal, aber es war ein seltsam hintergründiges und trauriges Lächeln. Sie sah alt aus mit dem Tuch auf dem Kopf, nicht mehr wie achtzehn, sondern alterslos, das Alter Ehefrau, das nicht nach Jahren gemessen werden konnte.

Nach der Predigt am Vormittag, die nur aus Warnungen und Ermahnungen bestanden hatte, waren die Lieder und Anspiele, die jetzt vorgebracht wurden, eine wahre Erholung. Sie waren alle christlichen Inhalts, enthielten aber neben den unvermeidlichen Warnungen und Ermahnungen auch Ermunterung und verhaltenen Witz. Gelacht werden durfte natürlich nicht, und die Stücke waren auch nicht daraufhin angelegt. Die Lieder erzählten von der Freude am Herrn, und Freude hat, wie sie alle wussten, nichts mit Lachen zu tun. (Jesus hat nicht gelacht. Er hat keine Witze gemacht.) Aber der Jugendchor, der bei jeder Hochzeit den Platz des gemischten Chores einnahm, sang laut und begeistert. Elsa mochte die Instrumentalstücke gerne, wenn Klavier, Geigen, Mandolinen und Gitarren das Bethaus mit wortloser Musik füllten, und sie genoss diese Wortlosigkeit mit einer Heftigkeit, die sie selbst überraschte. Kann man etwas heftig genießen? Oder trotzig? Oder wütend? Und sie, ja, sie erkannte eines der Stücke aus dem Radio. Das konnte doch nicht sein ... ein weltlicher Titel! Total ungeistliche Musik, und niemand merkte es, weil die Melodie so schön war und weil sie das Lied natürlich nicht kannten. Wer hörte schon Radio, außer die Sendungen des Evangeliums-rundfunks. Elsa hätte am liebsten laut gelacht. So hintergehen wir euch mit dem, was ihr am meisten verabscheut, mit der Welt. Verrat, und ihr seid durch eure Unwissenheit verraten ... Ihre Mitwisserschaft machte sie zur Mittäterin, und es tat ihr gut, allen Blicken ausgesetzt vorne zu sitzen und ein Geheimnis zu haben, das man ihr nicht ansah. Sie fühlte sich rebellisch und auf eine frevelhafte Weise besser als die Masse vor ihr, die ein unchristliches Musikstück nicht von einem christlichen unterscheiden konnte. Besser fühlte sie sich, auch besser als ihre Freundin, die alles mit sich hatte machen lassen, die Verunstaltung ihres schönen Kleides, die sich den hübschen Schleier hatte abnehmen und durch das hässliche Tuch hatte ersetzen lassen. Ich bin weiter als sie alle, dachte sie, in sich ein Karussell von Wut, Auflehnung und Schuldgefühlen, ich bin einen Weg gegangen, den sie nie finden werden.

Beim Kaffeetrinken schaufelte sie zornig Kuchen in sich hinein und freute sich über ihren Zorn. Kuchen gab es und Torten und die unvermeidlichen Twoiback – doch nein, die sahen diesmal anders aus. Nicht mehr zweistöckig, sondern nur noch klein und flach.

„Weißt du's noch nicht?", flüsterte Katharina. „Die dürfen nicht mehr gebacken werden, weil sie so unanständig aussehen."

Elsa ließ den Gedanken ein paar Mal in ihrem Gehirn kreisen. „Du meinst, wie eine Brust?"

„Nein, nein, wie –"

Aber sie sagte nicht, woran die unanständigen Twoiback die Brüder erinnerten, und Elsa konnte es sich nicht vorstellen, so lange sie auch darüber nachdachte. Auf einmal, und das war nach den bösen Gefühlen dieses Tages etwas Neues und Erfrischendes, fühlte sie sich rein und unschuldig.

Zehn Tage nach der Hochzeit war Gemeindestunde, und bei dieser Gemeindestunde, zu der nur getaufte Gemeindemitglieder zugelassen waren und über die inneren Angelegenheiten abstimmten, wurden Katharina und Eugen nach vorne gerufen, und dort, vor dreihundert Gesichtern, bekannten sie sich des größten Vergehens schuldig, das es gab: des Miteinanderschlafens vor der Ehe. Katharina, weinend, mit zitternder Stimme und verrutschtem Kopftuch, bat die versammelte Gemeinde um Verzeihung. Eugen, heiser, bat um Verzeihung.

Entsetzen in den Reihen, Raunen und Geflüster brach aus. Wie schrecklich, wie überaus schrecklich. Wer hätte das gedacht, sie war so ein züchtiges Mädchen, das weiße Kleid und der Schleier, Zeichen der Jungfräulichkeit, alles Lüge, oh oh, oh diese schreckliche Sünde …

Der Älteste stellte sich zu ihnen, den Sündern.

„Ungestraft können wir das nicht lassen", sagte er streng. „Normalerweise müssten wir euch aus der Gemeinde ausschließen. Aber das Gewissen hat euch geplagt, ihr habt euren Fehltritt gestanden, ihr habt vor der Gemeinde bereut. Aber es ist klar, dass ihr eure Aufgaben jetzt nicht mehr so erfüllen könnt wie vorher."

Sie wurden von ihren Pflichten entbunden, vom Chor, von der Sonntagsschularbeit, für ein halbes Jahr. Sie wurden von der Teilnahme am Abendmahl des Herrn ausgeschlossen, für ein halbes Jahr. Sie durften wieder auf ihre Plätze zurückkehren.

Sie kehrten zurück mit gesenkten Köpfen, sie sahen einander nicht an.

„Die Gemeinde ist ein geschlossener Garten", sagte der Älteste, „nichts von dem, was hier besprochen wird, darf nach außen dringen."

Aber wie immer wusste die ganze Stadt auch in diesem Fall nach ein paar Tagen alle Einzelheiten. Katharina, die hübsche, fröhliche Katharina mit dem makellosen, zu ihrer Frisur passenden Gesicht wurde nicht mehr gegrüßt, und wo sie ging, hörte sie es flüstern: Hure.

„Das hättest du nicht gedacht, nicht wahr?", meinte sie zu Elsa, die zurückschrak vor der flammenden Schuld in den Augen ihrer Freundin.

„Es gibt Schlimmeres", fand Elsa.

„Ja, und was?"

Darauf wusste Elsa keine Antwort.

„Und etwas ist noch viel, viel schlimmer", sagte Katharina. „Ich hätte ihn gar nicht geheiratet, wenn das nicht gewesen wäre. Ich hätte ihn nicht geheiratet!"

„Das darfst du nicht sagen!", entfuhr es Elsa, und es war zu spät, um die Worte wieder zurückzuholen. So mache ich mich zu ihrem Sprachrohr, dachte sie bitter, zu ihrem Handlanger, zu ihrem Henker, als sei ich ihr, der Brüder, Werkzeug …

„Tut mir Leid", sagte sie. „Sag es ruhig. Wenn du es denkst, dann sag es. Wir sollten immer sagen, was wir denken, wenigstens wir beide."

„Es wäre besser, nichts zu denken", sagte Katharina. Sie hatte ihr Tuch abgenommen und zerknüllte es in der Hand.

5. Entscheidungen

Schule. Familie. Gemeinde. Entfremdet sich und allem, versuchte Elsa, geradeaus zu gehen und von allem das Beste mitzunehmen. Ziele formten sich vor ihr, von denen sie eins würde wählen müssen, eins oder auch mehrere, je nachdem. Die Ziele, die die Gemeinschaft der Gläubigen ihr vor Augen stellte, waren zwei: das eine Mutterschaft mit Leib und Seele, das andere Mission. Doch unter allen Aufgaben, die diese Welt an die Nachfolger Jesu stellte, ragte die Mission heraus als die wichtigste, die lebenswichtigste. Anderen von Jesus zu erzählen und sie vor der Hölle zu retten, das war zwar die Pflicht eines jeden Christen, aber als Missionar hatte man dazu natürlich mehr Zeit und günstigere Voraussetzungen als der Normalbürger. Die Welt geht verloren, wie können wir da an die eigene Bequemlichkeit denken, die eigenen Wünsche? Missionarin zu sein, für Gottes Reich zu arbeiten, würde ihrem Leben einen Sinn geben, es herausheben aus dem Alltag, aus der Normalität, unter Entbehrungen würde sie nicht nur lernen, Gott und die Menschen zu lieben, sie würde auch sich selbst finden. Sie stellte sich vor, wie es wäre, mit Waldemar zusammen zur Bibelschule zu gehen und danach gemeinsam nach Afrika oder Südamerika. Ein hartes, aber reizvolles Leben. Seelen retten, so wie man ihre Seele gerettet hatte, dieses Geschenk galt es weiterzugeben. Und wenn sie mit Waldemar in die Mission gehen sollte, würden natürlich auch Kinder kommen, die barfuß durch den Busch laufen würden …

Die Ziele ihrer Familie waren ebenso klar. Sie sollte einen anständigen Beruf lernen, im Land und möglichst auch in der Stadt bleiben, heiraten und Mamas und Papas Enkelkinder großziehen. Ein Leben, wie es alle lebten, sicher, solide und sicher nicht freudlos. Aber sie wollte mehr.

Ihre eigenen Ziele. Das war das Problem. Sie hatte Wünsche und sie hatte Träume, aber durfte das eine Rolle spielen? Sie gehörte Gott, sie war gestorben in der Taufe, hatte sie da das Recht, für sich zu leben anstatt für ihn?

Was sie wollte, galt es erst noch zu definieren. Studieren? Das musste nicht für sie selbst sein, auch das konnte im Hinblick auf Mission geschehen, sie konnte auch bibeltreue Theologie studieren, die zwar hier in Deutschland nicht viel wert war, ihr aber die Türen der Missionsgesellschaften öffnen würde. Pastorin konnte sie ja schlecht werden, denn Frauen durften nicht predigen. Kein Mann hörte einer Frau zu. (Und in Afrika konnte sich eine Missionarin schließlich auch auf Kinder und auf ihre Geschlechtsgenossinnen beschränken.) Nein, das war nicht die Antwort auf die Frage, was sie wollte, sie, Elsa, die sich zu hässlich fühlte, um jemals geheiratet zu werden, außer vielleicht von Waldemar, der es wahrscheinlich nötig hatte. (Und noch so lange warten musste, der Arme.)

Was will ich? Es war fast die gleiche Frage wie: Wer bin ich?

Nach der Entscheidung, dachte sie plötzlich, werde ich nicht mehr dieselbe sein. Wenn ich mich entschieden habe, für Gottes Wege oder die meiner Eltern oder für meine eigenen egoistischen Träume, wird es nie wieder so sein wie vorher. Wie könnte es. Ich werde leben oder ich werde sterben, und ich weiß, dass ich sterben sollte. Unsinn: dass ich schon längst gestorben bin, mir und dieser Welt gestorben.

Sie hielt sich an der Erinnerung fest: wie das Wasser über ihr zusammenschlug und wie sie dann daraus auftauchte in den warmen Augustmorgen. Sie konnte sich nicht mehr daran erinnern, dass sie damals schon so viele böse Gedanken gehabt hatte, so viele verwerfliche Gedanken, so viel Wut und Ärger und Enttäuschung. Aber damals war sie ja auch noch nicht aufs Gymnasium gegangen.

Ich könnte glücklich sein, sagte sie zu sich, wenn ich dieser Welt abschwöre und mich ganz und völlig auf Gott einlasse. Ich weiß, dass ich dabei glücklich werden könnte. Ich könnte Waldemar das sein, was er erwartet: die gläubige, treue Frau, die Mutter seiner Kinder, die Mitstreiterin für die Sache des Herrn. Seine Gehilfin. Es könnte Glück darin liegen, starkes Glück.

Aber während sie so zu sich sprach, wuchs gleichzeitig ein Schrei in ihr, ein einziges großes Nein, ein tausendfaches Nein, und sie warf Gott ihre Träume hin wie einen

Knochen: Willst du das? Willst du mich zerbeißen und zerstören und mir alle meine Möglichkeiten nehmen? Willst du das? Willst du das?

Sie atmete tief durch. Wer bin ich. Was lässt du mich sein.

Ihr schien es, dass sie mehr Probleme hatte, mehr Fragen als alle anderen. Natürlich mussten sich auch ihre Mitschüler für einen Beruf entscheiden, zwischen den Forderungen der Eltern, den eigenen Wünschen und den zur Verfügung stehenden Möglichkeiten einen Kompromiss schließen. Aber bei ihr ging es zusätzlich um die Frage der Berufung, um die Frage, ob das, was sie wollte, auch Gottes Wille war oder ob sie es durch ihr starkes Wünschen nur dazu machte.

Waldemar war sich so sicher. Das erschreckte sie, denn sie selbst fand diese Gewissheit nirgends. Er schrieb: Ich weiß, dass dies Gottes Wille ist. Ich bin berufen. Er war nur alle paar Monate zu Hause, und so sahen sie sich sehr selten, und wenn er da war, hatte er kaum Zeit für sie. Er predigte in den sonntäglichen Gottesdiensten, und die Brüder ließen ihn nicht nur die einleitende Predigt halten, die eine Viertelstunde dauerte, sondern gaben ihm die erste oder die zweite Predigt, was eine halbe Stunde bedeutete. Er war berufen; aber Elsa, die angefangen hatte, viel zu lesen, auch christliche Bücher, die Waldemar ihr empfahl, fand seine Ausführungen manchmal fast wörtlich in diesen Büchern wieder und hielt immer weniger von seinem Können. Sie sahen sich also selten, aber sie schrieben sich. Waldemars Briefe bestanden gut zur Hälfte aus Bibelzitaten, die andere Hälfte setzte sich aus Berichten über sein geistliches Leben zusammen, aus Ratschlägen, was sie lesen sollte, und aus Plänen über die Zukunft, von denen er genau wusste, dass es so Gottes Wille war. Von Brief zu Brief änderten sich seine Pläne, was er nicht auf frühere Irrtümer, sondern auf die nach vorne strebende Leitung des Heiligen Geistes zurückführte. Elsa fühlte sich von seiner Gläubigkeit beschämt. Sie sehnte sich nach Gott, danach, ihn in ihrem Leben zu spüren, aber dieses Leben bestand für sie auch noch aus anderen Interessen. Sie schrieb von der Schule, von ihren Gedanken über Gott und die Welt. Zu viel Welt, fand er, richte deinen Blick nach oben. Was hier ist, ist bedeutungslos im Gegensatz zur oberen, himmlischen Herrlichkeit.

Der Himmel war oben, irgendwo über den Wolken.

Ich denke, schrieb sie, ich denke viel. Manchmal ist mir, als müsste es eine Anleitung zum Denken geben, eine Denkschule, eine Hilfestellung, die mich weiterbringt. Ich trete auf der Stelle.

Lies die Bibel, schrieb er zurück, bete, und du wirst weiterkommen.

Ich brauche Anstöße, etwas Neues. Ich möchte über mich hinauswachsen. Ich möchte sehen, wer ich bin. Ich möchte glauben und mehr als glauben – nicht, weil ich es von Kind an gelernt habe, sondern weil ich selbst dazu finde.

Aber du hast dich doch bekehrt, mit vierzehn, da warst du kein Kind mehr. Du hast ja gesagt zu Jesus. Du hast ihm dein Leben übergeben. Ist das etwa kein Glaube, zu dem du selbst gefunden hast? Und was heißt überhaupt „selbst"? Es ist alles göttliche Gnade. Der Glaube wird einem gegeben, es ist eine Gabe, kein eigener Verdienst.

Aber sie meinte etwas anderes. Sie konnte ihm nicht sagen, was es war, denn ihr fehlten nicht nur die Worte, sondern auch die Gedanken. Sie las die Worte der Weisheit des Predigers Salomo, las sein Lied über die Weisheit, die zu jedem kommt, der danach verlangt. Oh, sie verlangte danach, dringend, heiß, sie rief nach Weisheit, um sagen zu können: Das ist mein Weg.

Nicht zum ersten Mal kam ihr die Idee, Philosophie zu studieren.

Das ist die Weisheit dieser Welt, schrieb Waldemar entsetzt, das ist Menschenwerk, das sind keine göttlichen Gedanken. Studier das nicht, es wird dich vom Glauben abbringen. Er schrieb noch mehr, fünf Seiten lang versuchte er sie davon zu überzeugen, dass der Weg, den sie da erwog, ein böser, sündiger Weg sei, ein Weg hinein in die Gedanken der Welt und daher in die Welt selbst. Komm lieber zur Bibelschule, bat er, das wird deinen Glauben festigen, das wird dich näher zu Gott bringen, mehr brauchst du nicht, mehr braucht niemand.

Lange Zeit schrieb sie nicht, sie kniete in ihrem Zimmer und betete. Dann wurde ihr bewusst, dass sie kniete, und sie fragte sich: Warum knie ich? Weil man mir das gesagt hat? Stehend oder kniend oder liegend. Wobei liegend natürlich nicht hieß, im Bett zu liegen und beim Beten einzuschlafen. Liegend, das hieß: hingestreckt vor Gottes Angesicht. In den Versammlungen tat das natürlich niemand, aber jetzt, hier, allein in ihrem Zimmer, versuchte sie es, um zu sehen, ob sie Gott dadurch näher käme. Sie legte sich auf den Bauch und grub die Nase in den Teppich.

Gott, hörst du mich?

Warum liege ich hier. Was um alles in der Welt mach ich bloß? Sie rappelte sich auf und hatte die Vorstellung davon, wie viel schöner es wäre, spazieren zu gehen und dabei zu beten. Warum stehend oder kniend oder liegend? Warum nicht sitzend? Warum nicht gehend und atmend?

Sie tat, was sie sich vorgestellt hatte, sie nahm es als ein Stück geschenkter Weisheit an, als eine Antwort auf ihren Ruf. Sie stand auf und verließ ihr Zimmer und verließ das Haus und trat nach draußen, und dabei war ihr, als sei dies ein Schritt hinaus in die Welt. Sie ging und sah die Häuser und die roten und schwarzen Dächer und Amseln in den Bäumen, und Leute begegneten ihr, die sie grüßen musste, und die ganze Zeit war ein Satz in ihr, den sie wie ein Gebet zu Gott hin richtete: Auch das ist deine Welt. Auch das ist deine Welt.

Waldemar war die Gemeinde. Er war keine eigenständige, keine einzelne Person, sondern die ganze Gemeinschaft der Gläubigen. Er war alle Brüder. Und sie liebte ihn, wie sie die Gemeinde liebte – zerrissen zwischen Freiheitsdrang und Aufbegehren auf der einen Seite und Zuneigung, der Sehnsucht nach Wärme und Zuhause auf der anderen Seite. Dazu kam die Frage nach der Pflicht. Nicht, dass sie es als Pflicht empfunden hätte, Waldemar zu lieben oder auch nur mit ihm befreundet zu sein, aber es gab so etwas wie die Pflicht zur Normalität, zum Dabeisein, zum Tun, was alle taten. Und das Problem dabei war, dass sie ihn mittlerweile wirklich mochte, ja, dass sie wahrscheinlich sogar in ihn verliebt war. Sie schrieb ihm immer offener ihre Gedanken und wartete mit Spannung auf seine Antwort, wartete mit

Sehnsucht auf etwas von ihm. Doch alles, was von ihm kam, kannte sie schon. Die Bibelverse, mit denen er antwortete, sie kannte sie alle und hörte doch nicht auf, in ihm nach etwas Eigenem zu bohren, nach einem Gedanken, der nur von ihm kam. Manchmal schien es so, als hätte er neue Argumente, doch da sie die Bücher kannte, die er las, konnte sie diesen neuen Ideen nur entnehmen, dass er bereit war, alles Neue, das dem Alten diente, in seine Gedankenwelt zu integrieren. Das war der Punkt: was dem Alten diente. Er diente dem Alten, der Tradition, der Gemeinde, die ihn dorthin hatte gehen lassen, weil die Brüder auf die eingeschworene Festigkeit seines Glaubens bauten. Natürlich war für Elsa dies alles nicht so einfach und klar, aber sie fragte und provozierte und wollte sich streiten und wurde immer auf die Bibelverse verwiesen, die eindeutige Antworten lieferten.

Warum dürfen Frauen nicht predigen? „Die Frau schweige in der Gemeinde." Warum dürfen sie dann Missionarinnen sein? „Wenn die Männer ihren Auftrag nicht erfüllen …" Also zweite Wahl? „Oh nein, Gott hat für jeden Verwendung, der bereit ist, ihm zu dienen." Warum dürfen Frauen keine Hosen tragen? „Eine Frau trage keine Männerkleidung." Warum die Tücher? „Der Engel wegen."

Warum fragte sie, obwohl sie die Antworten schon auswendig kannte? „Weil eine Frau, die nicht alles versteht, zu Hause ihren Mann fragen soll"? Weil sie in den Antworten die Antwort finden wollte, die ihr Fragen heilen konnte? Weil sie auf eine Antwort von ihm, der die Gemeinde war, hoffte, die einmal anders ausfallen würde und sie von der Verdammnis freisprechen konnte? Denn in all ihrem Fragen war die Verdammnis nah. Man musste Gottes Gebote mit Freude erfüllen und konnte sich dann noch nicht einmal sicher sein, ob man gerettet war. Aber an den Geboten zu rütteln, Gottes heiliges Wort in Frage zu stellen, das war Anmaßung. Wenn irgendetwas Sünde war, dann sicherlich das.

Was denkst du über die Ehe?, schrieb sie an Waldemar.

Und er, der es gewohnt war, seine Meinung (die nicht seine, sondern Gottes Gedanken enthielt und daher auch mit Autorität verkündet werden durfte) mit Autorität zu verkünden, der andere ermahnte und mit Bibelzitaten lenkte (wobei ihm die Bibelschule zu einem noch größeren Schatz an auswendig gelernten Versen verhalf), er dachte nicht lange nach (denn Elsa bekam seine Antwort schon zwei Tage nachher) und schrieb, was er glaubte.

„Die Frauen seien untertan ihren Männern als dem Herrn. Denn der Mann ist des Weibes Haupt, gleichwie auch Christus das Haupt ist der Gemeinde, die er als seinen Leib erlöst hat. Aber wie nun die Gemeinde ist Christus untertan, so seien es auch die Frauen ihren Männern in allen Dingen. Ihr Männer, liebet eure Frauen, gleichwie auch Christus geliebt hat die Gemeinde und hat sich selbst für sie gegeben … So sollen auch die Männer ihre Frauen lieben wie ihren eigenen Leib. Wer seine Frau liebt, der liebt sich selbst."

Sie las es, und sie glaubte, ja sie wusste, dass er Recht hatte. So stand es da, so war es Gottes Wille, so stand es da.

Sie stimmte Waldemar zu, so war es. Sie glaubte das. Sie schloss die Augen und rief: Gott, warum? Aber sie glaubte es, sie sah ein, dass es so sein musste. Aber sie war nicht froh. Sie ging durch die Straßen und grüßte die Leute, aber sie war nicht froh. Irgendwo in ihr brannten der Zorn und die Wut (Gott, liebst du mich nicht?), und Tränen brannten, und als ihre Gefühle zur Ruhe kamen, blieb ein Satz in ihrem Herzen zurück wie ein schwerer Stein: Ich kann nicht.

Sie würde, wenn sie heiratete, untergeordnet sein müssen und diese Rolle aus Gottes Hand annehmen müssen. Waldemars Stimme, schon jetzt voller Autorität, würde weiterhin mit Autorität zu ihr sprechen. Oder nicht Waldemars, oder die eines anderen.

Aber das ist ja nicht schlimm, hatte er in seinem Brief geschrieben, denn der Mann liebt seine Frau. Er würde für sie sterben. Er steht zu ihr wie Jesus zu der Gemeinde: voller Liebe und Aufopferungsbereitschaft. So wie es für die Gemeinde nicht schwer ist, Jesus zu gehorchen, ist es für die Frau nicht schwer, ihrem Mann zu gehorchen.

Er schrieb ihr mit der Autorität des von der Bibel zur Verantwortung ausersehenen Ehemannes, dass es für sie nicht schwer sein würde.

Bin ich denn die Gemeinde?, dachte Elsa. Und ist sie, die Gemeinde, wie eine gehorsame und liebende Frau?

Der Gedanke, dass die Liebe alles leicht und selbstverständlich machen würde, war schön. Ja, es war ein schöner, beruhigender Gedanke, vielleicht fähig, alles in ihr zu heilen. Aber sie wollte nicht heil sein.

„Dann werde ich niemals heiraten", schrieb sie, „wenn es so ist, bleibe ich lieber allein und trage selbst Verantwortung für mich."

„Nein, nein", kam es verzweifelt zurück (diesmal rief er an), „das ist nicht Gottes Wille. Eine Frau wird nur selig, wenn sie Kinder gebiert. Und ich habe erkannt, zweifelsfrei erkannt, dass du die für mich von Gott vorgesehene Frau bist."

„In der Bibel steht auch: Es ist besser, nicht zu heiraten", schlug Elsa zurück. „Was du erkannt hast, hat Gott mir nicht gezeigt." Ihre Kehle war trocken. Ihr Herz war trocken. Wenn er jetzt da gewesen wäre, wäre sie, ganz hilflose Frau, in seine Arme geflüchtet. Aber er war nur am anderen Ende der Leitung, und seine Stimme hatte keine Macht.

An diesem Abend erzählte sie ihren Eltern, dass sie Geschichte und Philosophie studieren würde.

6. Feuer

Sie erinnerte sich. Hier, vor dem großen Universitätsgebäude, das wie eine gewaltige, hässliche Fabrik in den Himmel ragte, hier erinnerte sie sich. Hier, wo sich das Zentrum menschlicher Weisheit vor ihr auftat und sie in eine Halle trat, die übervölkert war von fremden Menschen, die erfüllt war von Geraune und Zigarettenrauch, ein Bahnhofsgewölbe des Schmutzes und der Lässigkeit, hier dachte sie an die Hölle. Nicht, dass die Hölle etwas war, woran sie sich hätte erinnern können, aber in diesem stinkenden, rauchenden Pfuhl, der die Welt war, erinnerte sie sich an ihre Bekehrung. Der Prediger, der nicht aus ihrer Gemeinde war, sondern ein glühender Redner, der von Stadt zu Stadt zog, hatte über Himmel und Hölle gesprochen, über das Paradies, das denen offen stand, die sich schon hier im Leben dafür entschieden, die sich für Gott entschieden und Buße taten über ihre Sünden und die Vergebung annahmen, die Jesus durch seinen Tod am Kreuz erwirkt hatte. Doch die anderen – für sie gab es keine goldene Stadt und keinen Trost und kein ewiges Leben, sondern nur Schmerz und Tränen, nur die schreckliche Erkenntnis, dass es zu spät war, um sich anders zu entscheiden. Wenn wir das gewusst hätten! Und ihr, schrie der Prediger, ihr könnt nicht sagen: Wir haben es nicht gewusst! Heute stelle ich euch vor die Entscheidung: Gott oder Satan, Himmel oder Hölle. Und glaubt nicht, ihr könntet diese Entscheidung auf die lange Bank schieben. Keine Entscheidung gibt es nicht. Wer jetzt nein sagt, der sagt für immer nein. Es wird nicht viele Gelegenheiten geben, sich zu entscheiden. Vielleicht zwei oder drei … Was weißt du, ob dies nicht die letzte ist? Was weißt du, ob du siebzig Jahre alt wirst oder ob du morgen überfahren wirst? Willst du morgen schon da sein – in der Hölle? Lieber Mensch, nimm das nicht auf die leichte Schulter. Auch wenn du jung bist, warte nicht zu lange. Warte nicht bis morgen. Du könntest morgen aufwachen und dich in der Hölle wiederfinden.

Nicht das, hatte es in ihr geschrien, nur nicht das! Und nach der Predigt war sie mit einigen anderen nach vorne gegangen, und nach dem Gottesdienst hatten der Prediger und einige Helfer mit jedem von ihnen gebetet. Die ganze Gemeinde hatte sie gesehen, wie sie nach vorne gegangen waren, und eine Freude lag in der Luft, eine unglaubliche

Freude. Diese jungen Menschen (denn es waren Jugendliche und Kinder, die Erwachsenen waren fast alle schon bekehrt), diese jungen Menschen waren gerettet, sie würden nicht ewig verloren gehen. Sie würden dabei sein, im Himmel, bei den Gläubigen.

Sie, Elsa, hatte sich gefreut und geweint, bis zum Bersten voller Gefühl. Jesus, vergib mir meine Schuld. Jesus, ich gehöre nun dir.

Als sie nach Hause gekommen war, hatten ihre Eltern geweint und sie umarmt und mit ihr gebetet. Dann fingen sie an, ihr zu sagen, was sie beachten musste. Geh immer zu den Versammlungen. Lies deine Bibel. Befolge die Gebote. Und die Angst, die sie nach vorne getrieben hatte, die sie zu diesem entscheidenden Schritt gedrängt hatte, die Angst vor der Hölle, kehrte zurück. Ihre Freude, das Empfinden, Gott ganz nah zu sein, dieses wunderbare Gefühl hielt noch an, aber die Angst mischte sich darunter: etwas falsch zu machen und dennoch in der Hölle zu landen, dennoch von Gott verstoßen zu werden, trotz ihrer Liebe zu ihm.

Beachte die Gebote. Sie war schon als Kind mit diesen Geboten umgeben worden, sie gehörten zum Glauben dazu, wie die Luft, die sie atmete. Es gab keinen Glauben ohne die Gebote. Und es gab keine Gebote ohne die Angst.

Die Angst war da, sie war allgegenwärtig. Auch jetzt, als Elsa sich durch die Menge der neuen Studenten und Studentinnen drängte, die wie sie vor dem Studentensekretariat auf ihre Einschreibung warteten, war ihr die vertraute Angst ganz nah. Was geschieht, Gott, wenn ich mich irre. Wenn das, was ich hier beginne, nicht einfach ein Studium ist, sondern ein Abweg, ein Pfad ins Dunkel, wenn ich mich in den Gedanken der Welt verliere, wenn mein Glaube irgendwo auf der Strecke bleibt. Wenn sich mein Glaube ändert. Wenn er sich in einer Sache ändert, die elementar wichtig ist, wenn ich also Sünden begehe, ohne sie weiterhin als Sünden zu erkennen, und deshalb nicht um Vergebung bitte dafür und deshalb verdammt werde. Was dann. Sie war schon zu weit gegangen, um wieder ganz dorthin zurückkehren zu können, wo sie gewesen war: gläubig zu sein, ohne zu zweifeln, ohne zu hinterfragen. Es konnte sein, dass sie schon jetzt verloren war, ohne es zu wissen. Gottes Gnade war etwas Unberechenbares; solange man sich darum bemühte, ihm zu gefallen, bestand Hoffnung, sobald man jedoch eigene Wege beschritt und das eigene Ich in den Vordergrund stellte, war die Hölle sehr nah.

Diese Angst war nichts Besonderes, nicht ihr eigenes, privates Gefühl, es war eine Stimmung, die die ganze Gemeinde im eisernen Griff hielt. Neben der Freude, neben dem Glück lauerte sie bei allen, nicht etwa bei den rebellischen Gemütern mehr als bei den gehorsamen. Elsas Oma, die doch sicherlich keine große Sünderin war, litt ebenso sehr darunter wie Elsa selbst, ja wahrscheinlich noch mehr. Keine große Sünderin – das bedeutete nichts. Es bedeutete nichts, nicht zu morden, zu stehlen oder die Ehe zu brechen; genauso schlimm, wenn nicht noch schlimmer, waren die anderen Sünden, die heimlichen Sünden, die des Geistes, die des Herzens. Stolz, Neid, Ichsucht, das alles konnte man zwar verbergen, aber nicht vermeiden, und was, wenn man gerade während einer solchen Sünde starb? Was, wenn Jesus wiederkam und man gerade nicht an ihn dachte? Bin ich bereit, war die größte Sorge der Oma, wenn ich vor ihn treten muss, bin ich bereit. Während einer Sünde, die man noch nicht bereut hatte, für die man noch nicht um Vergebung gebeten hatte, während eines Streites oder eines bösen Gedankens kalt erwischt zu werden, würde alles zunichte machen, alle vorherigen Anstrengungen, alle Siege, alle Liebe. Bist du bereit? Dahinter steckte eine Angst, die nicht zu beschwichtigen war: Was ist, wenn es nicht reicht. Wenn ich nicht vor Gottes Antlitz bestehen kann, vor seiner Gerechtigkeit, ich schwacher, unfähiger Mensch. Was ist, wenn sich der Himmel mir nicht öffnet, weil ich irgendeine Lieblingssünde auch nach meiner Bekehrung beibehalten habe, weil ich nicht wachsam war, weil, weil –

Es war eine Angst, die den Predigern das Argument lieferte für Verbote jeglicher Art. Da hieß es: Was würde Jesus dazu sagen, wenn ich im Kino sitze, wenn er kommt? Wenn ich gerade Witze erzähle, wenn er kommt? Wenn ich gerade im Freibad bin und nichts als eine Badehose anhabe?

Dabei, dachte Elsa erheitert, könnte es viel schlimmer sein. Ich könnte gerade auf dem Klo sitzen oder in der Badewanne liegen mit überhaupt nichts an. Wenn Jesus wiederkommt, wird von den vielen Menschen auf dieser Erde bestimmt eine ganze Menge gerade auf dem Klo sitzen. Und wenn er nachts kommt –, schließlich hat er gesagt: Ich komme wie ein Dieb in der Nacht – werden viele mit noch etwas ganz anderem beschäftigt sein …

Solcherart über die Hölle und die Wiederkunft Jesu nachdenkend, bahnte Elsa sich ihren Weg durch die Massen weltlicher junger Leute und war sich schmerzlich ihres eigenen auffälligen Aussehens bewusst. Schmerzlich war auch der Gedanke, dass sie nicht ebenso Teil dieser Masse war wie jeder andere hier. Und schmerzlich war auch der Stich der allgegenwärtigen, eben noch so leichtfertig belächelten Angst – was ist, wenn ich all das nicht ernst genug nehme, Gottes Heiligkeit, Gottes Strenge, was ist, wenn ich wegen eben dieser Gedanken, auf die ich sogar ein bisschen stolz bin, wenn ich deswegen verloren bin …

Angst, erst einmal so tief eingepflanzt, ließ sich auch durch Gelächter nicht vertreiben.

7. Von Wut, Empörung und anderen bösen Gefühlen

Sie hatte sich die Uni angesehen und nicht für gut befunden, aber immer noch stand ihr Entschluss fest. Gegen die zarten Regungen ihres Gewissens und das wilde Toben der Gewohnheiten sagte sie: „Ja, ich werde studieren. Ich habe mich schon angemeldet."

Ihre Eltern setzten ein trauriges Lächeln auf und bedauerten, dass sie nicht Krankenschwester werden wollte. Die meisten Mädchen wurden Krankenschwester. Von christlicher Nächstenliebe erfüllt, schien ihnen dieser Beruf als der ideale Weg, um anderen zu dienen. Dass Elsa nicht dienen wollte, war schon mal ein schlechtes Zeichen.

„Du wirst dann Lehrerin, nicht wahr?", fragten sie, obwohl Elsa schon mehrmals beteuert hatte, dass sie nicht

Lehrerin werden würde. „In D. gibt es eine christliche Schule, an der du unterrichten könntest. Sie wird von einem christlichen Förderverein finanziert, der nur gläubige Lehrer einstellt."

„Und sie unterrichten dort auch nicht die Evolutionslehre", ergänzte Elsa.

„Ja, natürlich, es ist doch eine christliche Schule."

Bitte, hörte sie heraus, bitte geh doch da hin. Gib deinem Studium einen Sinn, einen gottgefälligen Sinn. Kindern ein Vorbild sein, sie im Glauben unterweisen – das ist fast Mission. Das ist eine lohnenswerte Aufgabe.

„Ich werde einen Magisterabschluss machen", erklärte sie, „damit darf ich nicht Lehrerin sein."

Aber warum denn nicht. Sie verstanden es nicht, und wenn sie es zehnmal sagte. Wenn man studiert hat, kann man doch Lehrerin sein? Was sonst könnte eine Frau werden? Männer wurden Ärzte oder Ingenieure, aber für eine Frau war Lehrerin doch der beste Beruf. So viele Kinder, die man auf den rechten Weg bringen konnte, und den halben Tag frei, so dass man sich um den Haushalt und die eigenen Kinder kümmern konnte, was war daran auszusetzen?

Wozu?, fragten sie. Wozu dient das? Was nützt das? Was kann man damit machen? Denn alles musste einen Sinn haben, einen klar erkennbaren Zweck. Man las keine Bücher, die einem nicht im Glauben weiterhalfen. Man hörte keine Musik, bei der man den Text nicht deutlich verstehen konnte und wo die Worte nicht ein gläubiges Gefühl ausdrückten. Man hängte sich keine Bilder an die Wand, auf denen kein Bibelvers abgedruckt war. Alles musste nützlich sein. Nichts war in sich schön. Die Landschaft hatte nur einen Wert, wenn man darin Gottes Schöpfung sah. Essen hatte nur einen Wert, wenn man sich darüber im Klaren war, dass es eine Gabe Gottes war. Freundschaften hatten nur einen Wert, wenn man sich gegenseitig im Glauben stärkte. Freundschaften mit Ungläubigen dienten nur dem Zweck, aus Ungläubigen Gläubige zu machen. Und ein Beruf diente zum Geldverdienen oder dazu, anderen zu helfen. Wozu also ein Studium, an dessen Ende eine ungewisse Zukunft stand?

Deshalb, sagte Elsa, deshalb. Weil ich es will, weil ich Lust darauf habe. Weil ich einmal im Leben, an dieser wichtigen Stelle, nach meinen Vorlieben entscheiden will und nicht nach dem Nutzen. Weil ich diese Ungewissheit und diese Sinnlosigkeit möchte und darauf hoffe, dass Gott mir am Schluss Türen öffnet in die Arbeitswelt. Vielleicht war es eine Dummheit – vielleicht war es ganz bestimmt eine Dummheit. Ein Magister in Geschichte und Philosophie war weder christlich noch nützlich und half weder kranken Menschen, noch trug es zur Rettung verlorener Seelen bei.

„Elsa", sagte die Oma, nachdem ihr von den mitgenommenen Eltern die traurige Nachricht mitgeteilt worden war, „Elsa, Kind, du liebst doch den Heiland. Warum willst du dich der Versuchung aussetzen? Ein gläubiges Mädchen braucht nicht zu studieren. Wenn du erst einen lieben Mann gefunden hast …"

„Ich habe nicht vor zu heiraten."

Bestürzung auf allen Gesichtern. Elsa tat es Leid, ihnen so wehtun zu müssen. Es war, als hätte sie schon ihren Glauben verloren, und nicht, als stünde ihr das noch bevor.

Sie hoffte auf ein paar ermutigende Worte von ihrem Opa, wenigstens er sollte sie verteidigen, er hatte doch schon oft auf ihrer Seite gestanden. Aber er saß abseits in einem Sessel und schien gar nicht zuzuhören. Alt sah er plötzlich aus, und Elsa hatte auf einmal Angst um ihn. Sie beugte sich zu ihm und fragte: „Opa, was ist mit dir?"

Zunächst sagte er gar nichts, dann, als er gerade den Mund öffnete, um zu antworten, ergriff die Oma für ihn das Wort.

„Ein Sieg", sagte sie, „ein Sieg für die Sache des Herrn. Er hat endlich seine Zeitung abbestellt und trauert ihr noch nach. Es ist schwer, frei zu werden von der Sünde, aber mit Gottes Hilfe wird es gelingen."

„Die Tageszeitung?", fragte Elsa verständnislos. Sie wusste, wie sehr ihr Opa das Zeitunglesen liebte, wie er, sehr zum Ärger seiner Frau, Stunden damit zubringen konnte.

„Wozu braucht man eine Zeitung?", fragte die Oma zurück. „Alles, was der Mensch wissen muss, steht in der Bibel. Dein Opa hat mehr Zeit mit seiner Zeitung verschwendet, als er dem Wort des Herrn gewidmet hat. Das war nicht recht. Nein, das war ganz und gar nicht richtig so."

Der Opa nickte zustimmend, mit halb geschlossenen Augen, uralt sah er aus. Die Angst, er könnte hier auf der Stelle sterben, vermischte sich mit Elsas Wut über ihre Oma, die dem alten Mann die letzten Freuden seines Lebens raubte, die ihm seine lieb gewordenen Gewohnheiten nahm und ihn mit nichts als der Bibel in der Hand dasitzen ließ, mit fast nichts, denn die Bibel, so wichtig sie auch war, kannte er in- und auswendig. Neue Gedanken, neue Themen, Nachrichten von draußen wurden systematisch unterbunden. Im Namen der Liebe, im Namen Jesu.

Ich muss hier raus, dachte Elsa, ich muss hier raus, irgendwo muss ich jemanden finden, mit dem ich über all das reden kann. Auch hierin war sie an ihresgleichen gebunden – wie hätte sie mit einem „Hiesigen" über diese Probleme reden können. Was hätte er sagen können außer: Das ist doch lächerlich!

„Das ist doch lächerlich", meinte Katharina, zu der Elsa geflüchtet war. „Du hast Probleme! Warum machst du wegen allem so einen Aufstand?"

„Aber wie kann sie ihm das Zeitunglesen verbieten!"

„Du ärgerst dich doch nur über sie, weil sie deine Zukunftspläne nicht gutheißt. Und im Grunde hat sie doch Recht. Wenn uns etwas wichtiger ist als Jesus, müssen wir davon lassen, auch wenn es an sich gar nicht so schlimm ist. Die Abhängigkeit ist die Sünde. Und dein Opa war wohl abhängig von seiner Zeitung, sonst wäre er jetzt nicht so geknickt."

Elsa wollte ihren Ohren nicht trauen. Sprach so Katharina? Die lustige Katharina, der so viele andere Dinge wichtiger gewesen waren als die Bibel?

„Und ich finde ehrlich gesagt auch nicht richtig, was du tust", fuhr Katharina fort. „Wenn deine Eltern gegen dein Studium sind, kannst du doch nicht einfach trotzdem studieren gehen. Sie wollen schließlich nur das Beste für dich. Sie tragen die Verantwortung für dich. Du solltest ihnen gehorchen, wirklich."

„Ich bin neunzehn Jahre alt!"

„Was hat das denn damit zu tun? Du lebst bei ihnen. Sie sind deine Eltern. Du musst sie ehren und ihnen jeden Kummer ersparen."

Katharina, das Tuch über den Haaren, ihr Baby auf dem Schoß, blickte streng. Sie sah aus wie dreißig. Sie sah aus wie Hunderte, wie alle anderen Frauen in der Gemeinde, so sah sie aus, wie alle, genau wie alle. Sie war dicker geworden nach der Schwangerschaft, und von ihrer frischen jungen Schönheit war nicht mehr viel übrig.

„Ich fasse es nicht!", rief Elsa. „Gerade du!"

„Ja", sagte Katharina, „gerade ich. Diese Schande, diese schreckliche Sünde – es wäre doch nie geschehen, wenn wir fester im Glauben gewesen wären. Wenn wir gehorsamer gewesen wären. Wenn wir auf unsere Eltern und die Gemeinde gehorcht hätten. Ja, Elsa, ich habe daraus gelernt. Unsere Lüste, unser Fleisch – wir dürfen dem nicht nachgeben, sonst geht alles schief. Wir müssen strenger zu uns sein. Wir dürfen nicht so auf unser Ich hören."

„Strenger? Noch strenger? Was bleibt dann noch von uns übrig!"

„Nichts", sagte Katharina. „Nichts darf von uns, von unserem sündigen Ich übrig bleiben. Wir sind nichts als Gefäße für den Heiligen Geist. Er soll in uns leben. Er soll durch alles, was wir tun, hindurchleuchten. Wir dürfen ihn nicht betrüben, indem wir unserem eigenen Willen folgen. Der Weg des Ichs ist der Weg in den Tod."

Elsa sah ihre Freundin an, sie sah auf das kleine Kind, ein winziges Mädchen, das schon jetzt über dem Strampelanzug ein Röckchen trug.

„Nur weil du einmal einen Fehler gemacht hast –"

„Wie redest du denn? Kannst du Sünde nicht mehr beim Namen nennen?"

Elsa verstummte. Sie schwieg – es gab keine gemeinsame Sprache. Sie kannte das alles, doch für sie ergab es keinen Sinn mehr. Und doch ergab es noch genug Sinn, um in ihr Schuldgefühle auszulösen, um in sich den Stachel des Fragens zu spüren: Was ist, wenn ich mich irre … Was ist, wenn …

„Es ist nicht leicht, in den Himmel zu kommen", sagte Katharina. „Überschätz dich nicht. Es ist nicht damit getan, in die Versammlungen zu gehen. Es ist nicht damit getan, sich zu bekehren. Damit beginnt das Leben als Christ erst. Es ist nicht leicht, vor Gott zu bestehen. Er ist heilig, er ist gerecht." Sie streichelte die flaumigen Haare ihrer kleinen Tochter. „Mit Zittern und Zagen müssen wir uns um unser Heil sorgen."

Sie hatte niemals vorher so gesprochen, weder dem Sinn noch der Wortwahl nach. Elsa musterte sie verstohlen und war besorgt.

„Bist du nicht glücklich mit Eugen?", fragte sie.

„Ich bemühe mich, ihm eine gute Frau zu sein."

„Oh."

Sie schwiegen wieder. Elsa hatte erneut das Bedürfnis nach Flucht, den Wunsch zu laufen, stundenlang zu laufen, durch den Wald, durch den Regen, oh Gott, wo bist du, sie wollte nur fort.

„Hat der Chor am Sonntag schön gesungen?", fragte Katharina. „Eugen hat vergessen, die Kassette mitzubringen … ich fühle mich so abgeschnitten von allem. Schön, dass wenigstens du an mich denkst."

Das „wenigstens du" traf Elsa tief, zeigte es ihr doch, wie sehr sie in der Gunst der Brüder und Schwestern gesunken war.

„Warum gehst du nicht heute zur Bibelstunde?", fragte sie. „Ich kann ja babysitten, wenn du Rebekka hier lassen willst."

„Nein, nein", lehnte Katharina ab, „du weißt doch, die acht Wochen seit der Geburt sind noch nicht um."

„Ach ja", meinte Elsa. Wirklich, daran hatte sie nicht gedacht. Einige Wochen nach der Geburt galten die Frauen als unrein und durften nicht zu den Gottesdiensten ins Bethaus kommen. So war es schließlich schon zu Moses Zeiten gewesen.

Ach, sagte sie, und innerlich: ach, ach. Ihr ganzer Hals war voller Seufzer.

Nachher lief sie zwar nicht durch den Wald – dafür waren ihre Schuhe und ihr langer Rock überhaupt nicht geeignet –, aber sie ging spazieren, sie ging durch die Siedlung, in der fast nur Mitglieder ihrer Gemeinde wohnten. Man sah es. Keine Fernsehantennen oder gar Satellitenschüsseln, in den Gärten mehr Gemüse als Blumen, auf der Straße die Kinder, für die es in den Gärten nichts zum Spielen gab, keinen Sandkasten, keine Schaukel, kaum Rasen. Tomaten und Kartoffeln und selbst gebaute Gewächshäuser aus alten Fenstern. Asozial, dachte Elsa böse, dabei war keine dieser Familien vom Sozialamt abhängig. Die Männer gingen arbeiten und wurden als fleißige Arbeiter gerne angestellt. Ihre Arbeitsmoral war von Seltenheitswert: Sie machten nicht blau, sie ließen nichts mitgehen, sie arbeiteten schnell.

Sie tranken nicht, weder vor noch während noch nach der Arbeit. Im Handwerk verdienten sie gut, und die Frauen gingen halbtags putzen oder in die Fabrik. Und die Kinder erzogen sich selbst. Sie fanden sich in großen Gruppen auf der Straße zusammen und spielten und prügelten sich und erzählten einander schmutzige Witze und erledigten die Aufklärung, die die Eltern sorgfältig umgingen. Elsa hatte das als Kind selbst alles mitgemacht, sie wusste, wie es war, Kind in einer gläubigen Großfamilie zu sein und, selbst nicht gläubig, genau zu wissen, was man durfte und was nicht. Sich prügeln und unanständige Witze anhören gehörte dazu, man durfte sich nur nicht erwischen lassen. Dagegen zog man als Mädchen brav seine Röcke an, ließ sich die Haare flechten und bekehrte andere. Sie selbst hatte eine Mitschülerin, deren Eltern nicht zur Gemeinde gehörten, mehr als einmal zum Weinen gebracht. Deine Mutter trägt Schmuck, sie kommt in die Hölle! Dein Vater raucht, er kommt in die Hölle! Und du trägst Hosen, pfui, schäm dich, du gehst auf ewig verloren! Es hatte Spaß gemacht, über andere zu urteilen und sich selbst besser zu fühlen, heiliger, gerechter zu sein, weil sie so viel wusste, weil sie die Wahrheit kannte. Erst mit vierzehn hatte sie erkannt, dass es nicht genügte, Kind gläubiger Eltern zu sein, sondern dass die eigene Entscheidung dazukommen musste.

Diese Stadt, dachte Elsa, widert mich an. Diese Menschen hier widern mich an. Ich schäme mich, dazuzugehören. Ich schäme mich, eine von ihnen gewesen zu sein. Ich kann es nicht ertragen, noch länger hier zu bleiben.

Vielleicht war das ungerecht, ihr selbst gegenüber wie der Stadt, die den ungläubigen Bürgern genauso ein Zuhause gab wie den Gläubigen, aber sie konnte das alles nicht mehr sehen. Sie konnte es nicht ertragen, auf dem Marktplatz nur Russisch zu hören und nur dicken Frauen mit bunten Tüchern zu begegnen, die sich vorbeidrängelten, so wie sie am Sonntagmorgen im Bethaus drängelten, um ja ihren Stammplatz zu erwischen. Sie hasste die Blicke, die sie von oben bis unten untersuchten, um festzustellen, ob an ihrem Äußeren alles in Ordnung war.

Sie hasste, und auch das war sicher ungerecht, die ganze Stadt und sich selbst in ihr. Deshalb ließ sie sich auf die Liste für ein Studentenzimmer setzen, deshalb war sie bereit, von dem knapp bemessenen Bafög die Miete zu bezahlen, obwohl sie auch mit dem Auto oder dem Zug die fünfzig Kilometer zur Universität hätte fahren können. Deshalb, und nur deshalb, ließ sie sich von den traurigen Augen ihrer Mutter und den zornigen Brauen ihres Vaters nicht einschüchtern. Bleib doch bei uns, sagten sie zu ihr, bleib doch zu Hause. Wenigstens das ...

Nein, entgegnete sie hart, ihre Stimme voll Auflehnung und Kälte, nein, nicht einmal das.

8. Die Irritation der Identität

Und so saß sie denn im Seminar und war gespannt, wie der Dozent sein würde, und beobachtete die anderen jungen Männer und Frauen, die ebenso aufgeregt waren wie sie, und sie fühlte sich frei. Ja, frei fühlte sie sich, nicht freigelassen, sondern als wäre sie entsprungen, aus irgendeinem Zoo, irgendeinem Zirkus, hinaus aus der Nicht-Welt in die Welt, und alles roch nach verbotenem Abenteuer.

Der Dozent kam und wirkte auf Anhieb eingebildet und langweilig. Er streichelte seinen kurzen blonden Bart und sprach nacheinander viele Fremdwörter aus. Aber Elsa war entschlossen, alles positiv aufzunehmen und sich nicht von Nebensächlichkeiten – und erst recht nicht von nebensächlichen Äußerlichkeiten – abschrecken zu lassen. Eine Liste wurde herumgereicht, in die jeder seinen Namen eintragen sollte, und Elsa hatte den ihren kaum aufgeschrieben und das Blatt ihrer Nachbarin zugeschoben, als diese sich lebhaft an sie wandte.

„Elisabeth Epp? Du, sag mal, du kommst doch bestimmt aus Russland? Wie lange bist du denn schon in Deutschland?"

„Ich bin hier geboren", antwortete Elsa bemüht freundlich.

„Ach so." Einen Augenblick lang schien das andere Mädchen enttäuscht, dann erhellte sich ihr Gesicht wieder. „Aber deine Eltern sind doch bestimmt aus Russland?"

„Ja, aber sie sind schon seit zwanzig Jahren hier."

„Man hört den Akzent trotzdem", behauptete die andere, und Elsa, die sich ziemlich sicher war, dass man ihr überhaupt nichts anhörte, fragte giftig: „Wie denn? Wo ich noch nie Russisch konnte?"

„Aber von den Eltern übernimmt man ja einiges ..." Sie brach ab, denn der Dozent verlangte ungeteilte Aufmerksamkeit. Erst nachdem alles Wichtige besprochen war und die neuen Studenten für dieses Mal entlassen waren, nahm sie das Gespräch, das Elsa so unlieb war, wieder auf. „Findest du es schwer, dich hier so durchzuschlagen? Es ist hier doch alles anders als in Russland. Entschuldige, dass ich so frage, aber ich hatte schon ein paar Mal mit Aussiedlern zu tun, und ich studiere auch Deutsch für Ausländer, das ist für mich echt eine Gelegenheit ..."

Elsa war sehr böse, weil ihr Gegenüber immer noch nicht kapiert hatte, dass sie hier geboren und aufgewachsen war. Sie versuchte erneut, ihr das klarzumachen, stieß aber auf taube Ohren.

„Ist es schwer, sich hier zu integrieren, in die westliche Kultur? Ich meine, bei euch ist ja alles ganz anders. Ihr legt so viel Gewicht auf eure russische Kultur, man sieht doch, wenn ihr euch nach zwanzig Jahren noch nicht assimiliert habt ... Bewundernswert eigentlich, wie dieses Brauchtum erhalten bleibt, man müsste doch meinen, dass die Kinder sich anpassen, aber über Generationen hinweg ..."

Es dauerte noch eine Weile, bis sie ihre Bewunderung über das Festhalten an der russischen Kultur genügend ausgedrückt hatte.

„Das hat nichts mit Russland zu tun", konnte Elsa schließlich einwerfen, „das hat religiöse Gründe. Wir glauben, dass –"

„Das hat nichts damit zu tun?", wurde sie unterbrochen. „Aber wieso, fast alle Russen, die herkommen –"

„Es sind Deutsche."

„Meinetwegen. Fast alle deutschen Russen sehen so aus, und jeder weiß doch, dass in Russland eine andere Mode ist, altmodisch eben, oh entschuldige."

Elsa floh. Sie stammelte etwas davon, dass sie noch schnell dort und dorthin müsse, und ergriff die Flucht. In ihr kochte es. Nicht nur, dass alles, was sie gesagt hatte, unbeachtet geblieben war, dass es zwecklos war, mit jemandem zu reden, der sich für besser informiert hielt als diejenigen, die in einer Sache drinsteckten, nicht nur, dass diese Arroganz und Ignoranz unerträglich waren. Nicht nur das. Aber etwas anderes: dass ihre züchtige Kleidung und ihre ordentliche Frisur sie nicht als Gläubige kenntlich machten, was doch der Sinn der Sache war, sondern als jemanden, der aus Russland kam. Natürlich war es Unsinn, dass die jungen Mädchen in Russland alle Zöpfe hatten und keine Hosen, Unsinn war auch, dass die älteren Frauen alle Kopftücher trugen. Oh, was für ein Unsinn war das. Tatsache war, dass ein Teil der Aussiedler mennonitischen Glaubens war, aber machte einen dieser Glaube zur Aussiedlerin? Sie wollte nicht wissen, warum ich so bin, ärgerte Elsa sich. Sie wusste es schon: weil ich aus Russland komme.

Während sie durch die langen Flure ging, wollte sie sich am liebsten irgendwo verstecken. Sie hatte diese Kleidung, die sie sogar in ihren eigenen Augen hässlich machte, ertragen können, solange sie geglaubt hatte, dass es so Gottes Wille war und dass sie sich so als Gläubige kenntlich machte. Man musste sich von der Welt abheben, man musste zeigen, wer man war, dass man anders war, so dass die anderen Menschen fragen würden: Wer sind diese Leute mit dem stillen Glück im Gesicht, mit dem Frieden und der Liebe in den Augen? Wer sind sie, die sich von allen unterscheiden? Wenn Gott sie so gemacht hat, zu einem Licht in dieser dunklen Welt, zum Salz der Erde im Topf der Gleichgültigkeit, wie finden wir dasselbe, wie, sagt es uns, wie finden wir Gott? Und dann zu antworten: Er ist ganz nah bei dir, er sucht auch dich.

Aber – nicht das, nicht für etwas gehalten werden, was Elsa nicht war! In diesem Moment fand sie es so beleidigend, dass sie fast weinte. Sie war keine Russin, und sie wollte keine russische Kultur mit sich herumschleppen oder den Eindruck erwecken, sie täte es. Aussiedlerin oder Kind von Aussiedlern – das war es, was sie sahen, die anderen, das war es, was die Welt in ihr erblickte. Eine Fremde. Kein Licht und kein Salz, sondern etwas Fremdes, so wie Türken fremd waren oder Iraner. So auch sie – fremd. Anders. Beobachtet, aber sicher nicht um irgendetwas beneidet, um göttlichen Frieden oder was auch immer. Da war auch kein Frieden in ihr. Sich verbergen, aber wo, Gott, wohin. Nie mehr in dieses Seminar, nahm sie sich vor, nie mehr dieser eingebildeten Pute begegnen. Ha, das war nicht freundlich gedacht. Liebe deine Feinde. Aber ich kann nicht mehr, dachte sie entnervt, die Welt hassen und ihre Einwohner lieben, ich kann nicht mehr. Sie hatte keine Lust mehr auf das nächste Seminar. Raus, nur fort von hier.

Sie stolperte ins Freie, setzte sich auf eine Bank und versuchte, sich zu beruhigen und Kraft zu schöpfen. Eine Anfechtung, ja, das war es sicher, eine Anfechtung, wie ihr noch hundert weitere folgen würden. Im Christenleben gab es keine Entspannung, kein Ausruhen, immer versuchte der Feind, Satan, den Gläubigen zu verunsichern und aus der Bahn zu werfen. Ihr das, was sie Gott zuliebe war, madig zu machen, durfte keinem gelingen. Und sie würde noch einiges richtig stellen müssen, wenn sie die rechthaberische Studentin wieder traf. Vielleicht konnte sie ihr doch noch vom Glauben erzählen. Vielleicht konnte sie ihr klarmachen, dass ihre Art, den christlichen Glauben auszuleben, nichts mit Aussiedlersein oder gar Russischsein zu tun hatte.

Bis zum nächsten Seminar hatte sie noch Zeit. Sie blieb solange auf der Bank sitzen und hielt ihr Gesicht in die strahlende Oktobersonne und atmete tief und fand Frieden.

Aber nicht genug Frieden. Nicht genug, oh noch lange nicht genug. Hineingeworfen in die Welt, wurden ihre Grundsätze neblig, und manchmal wusste sie nicht mehr, warum sie an diesem oder jenem festhielt, manchmal wusste sie nicht mehr, warum sie litt oder warum sie leiden sollte. Sie wollte nicht anders sein. Sie wollte nicht abseits stehen, wenn die anderen rauchend und lachend beieinandersaßen, sie wollte nicht allein in der Mensa essen und den Gesprächen anderer Studenten lauschen. Vielleicht lag es gar nicht daran, wie sie aussah, vielleicht lag es an ihr selbst. Man konnte auch so anderen Menschen gegenüber schüchtern sein (sie fühlte sich so allein und so fremd), man konnte auch so anderen Menschen unsympathisch sein (und waren ihr nicht auch die anderen unsympathisch? So fremd waren sie, so kühl, so anders, so weltlich). Dass Elsa nicht eine von ihnen sein konnte, machte sie zu Feinden, sie wollte das nicht denken, aber es war so: Sie befanden sich in zwei verschiedenen Lagern, zwischen sich eine Grenze. Zwischen sich eine Mauer. Sie befanden sich, ohne sich zu finden.

Wenn Elsa dann am Wochenende nach Hause fuhr, war es gut, wieder da zu sein, in der Familie, in der Gemeinde, ein Teil des Ganzen zu sein, warm zu werden an der Wärme der anderen. Sie ging in die Gottesdienste und hörte nicht zu, sondern genoss das Beisammensein, die vertraute Sprache (natürlich hatten die meisten einen russischen oder plattdeutschen Akzent), den vertrauten Geruch. Gesichter, hinter denen nichts Fremdes, Feindliches verborgen war, sondern die Frieden und Liebe ausstrahlten. So kam es ihr vor, und sie lächelte zurück. Sie war zu Hause in der Mitte der Gläubigen, sie war zu Hause wie noch nie. Sie beugte sich tief hinein in die Ordnung und die Pflicht, ja, dachte es in ihr, ja. Sie stimmte allem zu. Es war alles richtig. Es war warm, ein Nest war es, ein dickes, weiches Nest, und sie schloss die entzündeten Augen und schmiegte sich hinein.

Zurück in der Uni, trat sie dann wieder in eine andere Welt ein, in die Welt. Erschrak und kämpfte. Sie kämpfte im Fach Philosophie, wo sie ein Ethikseminar belegt hatte, in dem es um gute Handlungen und böse Taten ging und die Versuche früherer Philosophen, den Unterschied zu begründen. Wie hilflos sind sie alle ohne Gott, dachte sie und glaubte an gegen das, was sie hörte. Ansonsten bestand der Philosophieunterricht zunächst nur in einem Kurs über Logik. Dagegen gab es fast nichts einzuwenden. Außer natürlich, dass es lächerlich war, sich für so klug zu halten, das menschliche Denken für unschlagbar. Sie lernte und fühlte sich eher verwirrt als schlau. Verwirrt nicht von dem, was sie hörte und lernte, sondern von ihrer ganzen Umgebung, von den vielen Ungläubigen und ihrer Art, zu leben und die Dinge zu sehen. Das war eine andere Kultur, unbestreitbar, nicht nur ein anderer Glaube, und es war unmöglich, beides zu trennen. Denn der Glaube musste sich zeigen in dem, wie man lebte, auch der Nichtglaube konnte nicht umhin, sich zu erkennen zu geben. Sie rauchten. Die Mädchen trugen unverschämt enge Hosen und schamlos kurze Röcke. Sie sahen hochmütig aus, wenn sie sprachen, selbstbewusst, ja, und sich darüber hinaus auch aller Dinge sicher. Spötter waren es, und in der Bibel stand: Du sollst nicht gehn den Weg der Spötter. Und sie fühlte sich fehl am Platz und nahe dran, das ganze Studium aufzugeben, bevor es richtig angefangen hatte.

Aber der Kulturschock ging vorüber. Es ging vorüber, dass ihr alle fremd und feindlich vorkamen. Es ging auch vorüber, dass sie sich in der Gemeinde so sehr zu Hause fühlte. Alles verschob sich, erst leicht, dann immer mehr. Die Verwirrung hörte noch nicht auf, lange würde es brauchen, bis sich ihre Gefühle klären würden.

Sie merkte, wie sehr sie sich der Gemeinde schon entfremdet hatte durch ihr bloßes Vertrautwerden mit der Welt, als das alljährliche Adventssingen anstand. Im Bürgerhaus wurden dann von den Chören der Gemeinde weihnachtliche Lieder gesungen, die ganze Veranstaltung war jedoch evangelistisch ausgerichtet. Wenn jemand sich zu diesem Singen verirrte, der noch kein Gläubiger war, sollte er von den Texten und der Botschaft möglichst so angesprochen werden, dass er begriff und fühlte, worum es ging. Elsa sang nicht mehr mit, weil sie an den in der Woche stattfindenden Proben nicht mehr teilnehmen konnte, und deshalb saß sie dieses Mal zum ersten Mal seit langem im Publikum statt vorne auf der Bühne. Und zum ersten Mal erlebte sie das Adventssingen mit anderen, neuen Augen, mit den Augen einer Außenstehenden, einer Ungläubigen. Die lebhaft gesungenen Lieder gefielen ihr nicht schlecht, aber der russische Akzent kam immer wieder durch. Die Texte, mit Inbrunst gesungen, waren im Grunde nicht übel, aber eine Spur zu sentimental, ach was heißt eine Spur, sie waren entsetzlich sentimental. Und das lag nicht an Weihnachten, sondern am allgemeinen Geschmack der Gemeinde, die das Traurige, das Übertriebene, das Kitschige geradezu forderte. Es war ein Geschmack, den sie nicht mehr teilte, den sie, wie ihr auf einmal bewusst wurde, überhaupt noch nie gehabt hatte. Wie hatte sie sich jahrelang solche Lieder anhören können, ohne zu merken, dass sie sie nicht mochte? Und die Gedichte, die auswendig heruntergeleiert wurden, wie hatte sie nicht bemerken können, wie schlecht sie waren, wie primitiv das alles war. Und erst der Redner …

Als Elsa zu Hause versuchte, ihre Eindrücke ihren Eltern mitzuteilen, scheiterte sie an deren Unverständnis.

„Es ist nicht recht, dass du die Gemeinde verachtest.“

„Es geht doch nicht um Verachtung!“ Obwohl sie sich ein bisschen getroffen fühlte. War Kritik gleich Verachtung? Bedeutete eine eigene Meinung, dass man sich über das Ganze stellte und von oben darauf herabsah?

„Außerdem waren nur unsere Leute da", fügte sie hinzu. „Ich hab keinen aus der Stadt gesehen."

„Doch, ein paar waren da. Wenn diese wenigen Menschen etwas davon mitgenommen haben, hat sich der Aufwand schon gelohnt."

„Es war für uns", wiederholte Elsa, „nur für uns. Immer im eignen Saft schmoren. Warum machen wir so was nicht mit den anderen Chören aus der Stadt? Aus den anderen Gemeinden?" Sie fragte, weil sie schlechte Laune hatte, denn die Antwort wusste sie schon längst. Man tat nichts mit den anderen christlichen Gemeinden zusammen, weil diese gar nicht richtig gläubig waren. Man sah es ihnen ja an, dass sie in der Welt waren, denn sie unterschieden sich äußerlich nicht von denen in der Welt. Es gab noch eine andere Richtung von Mennoniten, wo die älteren Frauen auch noch Röcke und Tücher trugen, wo jedoch die falsche Taufe praktiziert wurde: das Besprengen der erwachsenen Täuflinge mit Wasser. Auch das konnte man natürlich nicht gelten lassen. Die Baptistengemeinde hatte zwar die richtige Taufe, aber sonst sahen ihre Mitglieder aus wie jedermann. Die Evangelischen waren sowieso nicht gläubig, nicht richtig bekehrt. Und die Katholiken galten als teuflische Sekte, denn sie beteten zu Menschen und sie verehrten ihren Papst, der in Rom saß; Rom jedoch war die Teufelsstadt Babylon, und der Papst war höchstwahrscheinlich der Antichrist. Die Brüdergemeinde konnte nicht mit Gemeinden zusammenarbeiten, die die Katholische Kirche akzeptierten. Deshalb standen sie allein, verloren in weiter, weltlicher Flur und pflegten nur Kontakt mit Brüdergemeinden in anderen Städten. Untereinander – denn es gab einige Abspaltungen von

der Muttergemeinde – begegneten sie sich mit kühler Feind-
seligkeit. Wer die Gemeinde verließ, war ein Ketzer (allerdings nicht so bezeichnet, denn dieses Wort gab es nicht in
ihrem Wortschatz). Wer die Gemeinde verließ, um sich einer anderen anzuschließen oder gar eine eigene zu gründen,
hatte einen Schritt hinaus in die Welt gemacht. Es bedeutete
Endzeit, wenn die Gemeinde sich teilte. Etwas Schlimmeres
konnte es nicht geben. Die neuen Gemeinden, die oft aus
Jugendlichen und jungen Erwachsenen bestanden, die es in
der Enge der Gesetze und Regeln nicht mehr ausgehalten
hatten, bastelten sich nach kurzer Zeit ein fast identisches
Regelwerk auf, wurden es aber nicht müde, die Unterschiede zu betonen. Vielleicht waren Tücher nicht mehr ganz
so wichtig, aber wer sich zu sehr in die teuflische Rockmusik vertiefte, konnte hinausgeworfen werden. Vielleicht war
es kein Verbrechen mehr, zu Hause eine Hose zu tragen,
aber bei den Gottesdiensten wurde eine Frau schief angesehen, wenn sie in solcher Männerkleidung kam. Elsa hatte
diese Streit- und Abspaltungsgeschichten immer mit sehr
gemischten Gefühlen betrachtet. Ging es um Freiheit oder
um Ungehorsam? Um etwas Neues oder bloß um einen
Machtwechsel? Denn meistens war irgendjemand um seine
Machtposition gebracht worden, bevor er mit seinen An-
hängern geschlossen aus der Gemeinde austrat und eine
neue gründete. Elsa versuchte, die bereits auf diese Weise
entstandenen neuen Gemeinden zu zählen, aber sie wusste
nicht genau, wie viele es waren. Drei oder vier, oder waren
es mehr?

Es gab keine andere Möglichkeit, einen Streit beizule-
gen, als die, sich zu trennen. Es gab niemals eine Einigung,

eine Versöhnung, einen Kompromiss, niemals. Es gab keine Veränderungen. Es gab keine Reformen, weder eine Diskussion darüber noch eine Abstimmung. Wenn, dann war Krieg, und die Verwundeten verließen das Schlachtfeld. So war es, so war es schon immer gewesen. Und auch die, die gingen, konnten nichts wirklich Neues aufbauen. Es war so tief in ihnen verwurzelt, dieses Immer. Tradition. Glaube, gefesselt an die Tradition. Wenn es nicht so gewesen wäre, hätten sie sich einer der gemäßigten christlichen Gemeinden anschließen können – aber das hätte bedeutet, die gewohnten Gesetze hinter sich zu lassen. Die langen Zöpfe, die Tücher, die Röcke, die vielen, vielen anderen Regeln. Man musste ja nicht gleich evangelisch werden. (Was für eine entsetzliche Vorstellung!) Auch das taten einige – sie kehrten der Brüdergemeinde ganz den Rücken, obwohl das nicht hieß, dass sie die ihnen eingepflanzten Gesetze nicht doch mitnahmen. Die eine eigene Brüdergemeinde gründeten, nahmen weitaus mehr mit. Sie trugen den Streit noch in sich, die Härte ihres eigenen Aufbegehrens, und mit derselben Härte erstickten sie das Aufbegehren in ihrer Mitte. So war das. Immer.

Wenn ich, dachte Elsa, wenn ich Kritik übe, wenn ich fremd bin, habe ich die Wahl. Ich kann das, was ich denke, für mich behalten. Das ist das Einfachste und Klügste: still zu leiden, still auszuhalten. Wenn ich spreche, bekomme ich einen drauf. Von meinen Eltern und von anderen. Und meine Eltern werden mehr leiden als ich. Ändern jedoch wird sich nichts, es sei denn, ich treibe es so weit, dass man mich auffordert zu gehen. Aber eine Änderung kann man das nicht gerade nennen. Es wird hier niemals eine

Revolution geben. Sie wird im Keim erstickt, und die Revolutionäre werden nach Hause geschickt.

Die andere Möglichkeit ist, auf das Leiden zu verzichten und gleich zu gehen.

Wie war sie darauf gekommen? Die Lieder und die Gedichte hatten ihr nicht gefallen, und jetzt war sie schon bei dem Gedanken, die Gemeinde zu verlassen? Absurd. Sie glaubte doch alles, was die anderen glaubten, so war es doch, sie glaubte doch.

Ich glaube, sagte sie, ich halte daran fest.

Aber es hatte sich etwas verändert. Sie konnte nicht sagen, was es war, aber etwas war anders. Vielleicht werde ich einfach erwachsen, versuchte sie sich zu beruhigen.

Aber der Gedanke blieb: Man kann leiden und man kann gehen. Es wird keine Revolution geben, niemals.

9. Krieg

Sie fing seine Blicke auf. Kurze, schnelle Blicke, flüchtig nur, von denen sie wünschte, sie möchten länger sein. Oder nicht wünschte: befürchtete. Er war natürlich kein Gläubiger, aber wenigstens schien er nicht zu rauchen. Und er gefiel ihr, warum nur, sie wollte und wollte nicht, aber er sah gut aus. Er sah viel besser aus als die dümmlichen Jungs aus der Gemeinde. (Wie gemein, so etwas zu denken!) Sein dunkles Haar stand kurz in die Höhe, und um das Kinn der leichte Schatten eines beginnenden Bartes. Fremd war er und klug – in den Philosophieseminaren hörte man ihn oft seine Meinung vorbringen, was sie sich nie traute. Und manchmal diese Blicke. Sie glaubte nicht so recht, dass er wirklich sie meinte, dass er wirklich sie ansah, bewusst ansah. Auch sie ließ ihre Blicke schließlich über die Gesichter der Anwesenden schweifen, ohne sich dabei etwas zu denken. Aber nun ließen die Gedanken sich nicht mehr abstellen. Wie sah sie aus? Wie sah er sie? Als eine aus einer merkwürdigen Subkultur, als eine Russlanddeutsche? Sie hasste das Wort. Sie wollte nicht irgendetwas sein außer sie selbst. Sie wollte nur Frau sein, nur Mensch sein, nur schön sein. Das, dachte etwas in ihr, ist die Versuchung, das ist der Untergang.

Nein, antwortete sie flehentlich. Vielleicht ein Beginn, vielleicht nichts als ein Traum. Vielleicht nicht einmal das. Nur ein Blick, mehr nicht. Erlaub mir einen Blick.

Und da sie nicht wusste, ob er sie angesehen hatte, erlaubte sie es sich, sich selbst anzusehen, von einem würgenden Gefühl in der Kehle angetrieben. Eine Verzweiflungstat, mehr der Ruf nach sich selbst als nach einem Freund, mehr der Ruf nach Selbstliebe als nach Liebe. Es war auf einmal so wichtig, sich sehen zu können mit den Augen der anderen. Vor dem Spiegel stand sie und sah sich so und war sich nicht Freund.

Und dann die Rebellion, für ein paar Minuten: Krieg.

Sie stand vor dem Spiegel und löste ihren Zopf auf, alle die ineinander verschlungenen, gefesselten Strähnen, die sich hinter ihrem schmalen Gesicht verbargen, und breitete die welligen Haare um dieses Gesicht aus, eine Flut von Haar und durchaus in der Lage, ihrer Unscheinbarkeit Gewicht zu verleihen, vielleicht sogar Schönheit. Bin ich schön?, fragte sie den Spiegel wie im Märchen, eine doppelte Ketzerei, denn Märchen waren verboten und Schönheit war Eitelkeit. Trotzdem wandte sie den Blick nicht ab. Das bin ich, blass wie immer, aber unerwartet schön. Sie drehte sich zur Seite, um zu sehen, wie weit hinunter ihr Haar reichte: fast bis zum Gürtel, wo es in einer dünnen Spitze auslief. Sie stellte sich vor, wie es wäre, diese Spitze zu kappen, und noch weiter, noch höher hinauf, vielleicht bis zur Mitte des Rückens. Und dann müssten es Locken sein, hell und kringelig, wie der Engel würde ich sein, der ich fast schon bin. Aber Dauerwellen waren verboten, und die dunkelblonden Haare golden zu färben war auch verboten. Engel? Zwei Minuspunkte für Stolz. Aber Elsa blieb hartnäckig stehen und hielt es aus, sich schön zu finden. Es war schwer, damit hatte sie gerechnet, nachdem sie sich jahrelang hässlich gefunden hatte. Und doch war es nötig, um glücklich zu sein, sie wusste nicht warum. Innere Schönheit, hatten alle gesagt. Das ist der Schmuck einer Frau: ihr Inneres. Doch nun holte sie das schmale goldene Kettchen hervor, ihr einziges, immer versteckt und niemals getragen, sie legte es sich um den Hals, und die Schwierigkeiten, die sie mit dem Verschluss hatte, waren vielleicht eine Warnung Gottes. Sie öffnete den Kragen ihrer hochgeschlossenen Bluse, damit man das Kettchen sehen konnte. Die Ohrringe mussten im Kästchen bleiben, denn sie hatte keine Löcher im Ohr, eine Sünde war es, seinen Körper zu verstümmeln. Sündhaft war auch der Lippenstift, der das gottgegebene blasse Rosa mit einem anrüchigen Rot überschrie. Sorgfältig bemalte sie sich damit die Lippen und trat ein paar Schritte zurück, um sich von weitem zu sehen. Sie fühlte sich so schön und so weiblich wie noch nie, und sie fühlte sich schuldig. Diese kleinen Veränderungen, für andere selbstverständlich, waren für sie eine Errungenschaft, die sie so lange mit Gewissensbissen bezahlen würde, bis die Gewöhnung, die Routine der Tat diese abschwächte und ihr das Ketzerische nahm, so lange, bis das Rot des Lippenstiftes ihr eigenes Rot war, der Schmuck ein Teil ihres Körpers, ihre Schönheit sie selbst.

Warum ist es so wichtig, dachte sie, und warum ist es so schwer, dass es wehtut. Vergib, Gott, vergib, vielleicht ist es doch falsch, was ich tue … Sie hatte die vage Vorstellung, dass sie, wenn sie sich so auf die Straße traute, alle Blicke auf sich ziehen musste, Männer würden ihr in sündiger Geilheit folgen, Frauen beschämt zur Seite schauen, sich schämend für sie: Wie kannst du nur, was fällt dir ein. Elsa wusste gegen diese Instinkte der Angst und der Scham, dass sie ganz und gar nicht auffallen würde, dass sie brav aussah gegen die ein wenig Modernen und die absolut Modernen, brav und lieb und immer noch unauffällig, vielleicht ein bisschen süß, ein klein wenig schön, aber niemand würde in ihr die Frevlerin erkennen. Es sei denn, sie traf jemand von ihren Brüdern oder Schwestern. Und diese Vorstellung war es dann auch, die sie davon abhielt, so hinauszugehen und zu lernen, sie selbst zu sein. Sie kämpfte mit dem Verschluss der Kette und ließ sie schließlich an ihrem Hals, sie spürte sie wie ein Halsband verratener Träume. Sie knöpfte die zwei Verführerknöpfe zu. Sie wischte sich den Mund, hastig und schon fast weinend, sie verrieb die Farbe an ihrem Kinn und den Wangen, wütend und trotzig und unwillig, Wasser zu benutzen. (Ich möchte mich nicht fühlen, als müsste ich mich reinwaschen.) Sie hob ihre beiden Hände und griff in ihr Haar, um es in die Flechten zurückzuzwängen, und bei dieser Bewegung erschrak sie über sich und ihre Ängste. Sie hielt inne – Gott, warum –, sie begann zu flechten – ich will nicht, ich will nicht –, und erst, als sie fertig war und ihr Gesicht sie aus dem Spiegel heraus anblickte, schmal und streng und farblos bis auf das verschmierte Rot, das sie aussehen ließ, als hätte sie nur mit ihrem halben Gesicht geweint, erst da erlaubte sie sich, sich vom Spiegel abzureißen und auf die Knie zu sinken und, fernab aller Demut und allen Gehorsams, Gott ihren Traum hinzuschluchzen: Ich möchte schön sein.

Immer wieder wiederholte sie den Satz, drängend und wild, und wartete auf die Antwort: Deine innere Schönheit, mein Kind, ist das, was zählt. Dein Glaube und deine Demut sind die Schönheit, an der ich mich erfreue, das Gold in den Tagen der Not, die Perlen, die keine Falten bekommen. Die Männer, die nur auf äußere Schönheit achten, sind deiner nicht wert, der, der dich liebt, wird dich um deines Inneren willen lieben. Das war die Antwort, aber sie selbst hatte das zu sich gesagt, und es tröstete sie nicht, denn man kann sich selbst nicht trösten. Gott!, rief sie, aber sie antwortete selbst mit Worten, die nicht ihre waren. Stolz ist Sünde.

Aber die Zeit war vorbei, in der diese Antwort genügte. Die Jahre der Schulzeit, wo man mit Fingern auf sie gezeigt hatte, wie sie brav in bunten Röckchen und dünnen Zöpfchen dasaß, zusammenzuckend unter Hänseleien und bösen Streichen und an ihrem Glauben festhielt: Ich leide für Gott! Ich leide für Gott – diese Jahre waren vorbei, und der schreckliche Gedanke, dass es nicht Gott war, für den sie gelitten hatte, sondern ihre Eltern und die Gemeinde, dass sie nicht die mutige Kämpferin des Glaubens gewesen war, die dem Gelächter standhielt, sondern dass sie den Kern ihres Glaubens lächerlich gemacht hatte, weil sie rote Strumpfhosen zu einem grünen Rock trug – diese Erkenntnis war eine der Qualen neben ihrem seltsamen Gewissen. Dieses Gewissen war erstaunlich, denn die Tatsache, dass sie sich für auserwählter gehalten hatte als ihre Mitschüler, für gerechter und besser, war ihrem Gewissen ziemlich egal; dafür bäumte es sich auf, wenn sie mit dem Gedanken spielte, ihre Haare ein wenig zu kürzen. Nicht wirklich kurz, nur ein wenig, damit es gerade war, wenn sie es offen tragen sollte. (Noch einmal: Auftritt des Gewissens.) Ich glaube an meine Haare, stellte sie verwirrt fest, ich bin wie Simson. Es klang lächerlich, aber ihr Gewissen krallte sich in ihrer Frisur fest, in dem langen, immer dünner werdenden Zopf, der vielleicht den Segen und die Heilsgewissheit enthielt. Vielleicht, das war das Schlimmste daran. Sie wusste es nicht sicher. Vielleicht, wie andere Christen behaupteten (aber waren es wirklich Christen?), lag überhaupt nichts daran – aber wenn sie sich irrten? Wenn sie, von Eitelkeit getrieben, dem Wort Gottes ungehorsam wurde, was dann? Denn schließlich stand da etwas davon, dass Frauen langes Haar tragen sollten. Elsa klammerte sich an diesen Vers, aber er genügte ihr nicht mehr. Es genügte ihr nicht mehr, die Frühchristin zu sein, Urgemeinde im ersten Jahrhundert zu spielen, es reichte nicht mehr.

Ich will ich sein.

Ich will mit dir leben, Gott.

Sie hatte gelernt, dass man sein Ich aufzugeben hat, und es war gegangen, aber nun, an einer Schwelle, die sie selbst betreten hatte, kam es und verlangte sich zurück. Vergib, Gott. Vergib, Ich. In ihren Gebeten beging sie unbenennbare Verstöße, Zweifel und Auflehnung und Fragen, vielleicht unentschuldbar, vielleicht aber auch, und darum betete sie, vielleicht das Ende von Missverständnissen und selbst geschaffener Gefangenschaft. Ich möchte frei sein. Ich möchte dir gehören. Sie hatte gelernt, dass der Glaube frei macht. Nun forderte sie diese Freiheit ein.

Gewöhnung. Darauf kam es tatsächlich an. In ihrer kleinen Studentenbude lernte sie, sich an sich zu gewöhnen. Und – es dauerte Wochen, aber der Tag kam – da ging sie mit offenen Haaren in die Uni. Sie hatte sie nicht abgeschnitten, dazu war sie noch nicht bereit, aber sie trug sie offen und kämmte sie nach jeder Veranstaltung auf der Damentoilette. Seine Blicke? Er war nicht da. Sie musste es wieder tun, sie musste es üben, so zu sein. Ihr war, als ob ihr jeder nachschaute, als ob jeder dachte: Das ist doch die mit dem Zopf, was ist denn mit der los? Jedes Gespräch schien ein Getuschel über sie zu sein.

Beim Essen in der Mensa fielen ihr die Haare ständig ins Gesicht. Sie störten. Sie waren, so offen, zu lang.

Und dann, in einem wilden, schmerzvollen Entschluss, ging sie zum Friseur. Sie vermochte es nicht, selbst Hand an ihr Haar zu legen. Sie dachte an die Worte ihrer Oma: Ich habe mir noch nie in meinem Leben die Haare geschnitten.

Natürlich war es keine geringere Sünde, es einen anderen tun zu lassen – wenn es denn eine Sünde war.

„Das wird aber auch Zeit", sagte die junge Friseurin, als Elsa, deren Herz wild klopfte, den Salon betrat. Sie hatte nur einen Termin absprechen wollen, wurde aber sofort auf einen der schwarzen Stühle beordert. Ihr Herz klopfte immer lauter. Ihr Gewissen, betäubt, war unter der ganzen lautstarken Aufregung nicht mehr zu vernehmen.

„Wie kurz möchten Sie's denn?"

„Nicht viel", sagte Elsa schnell.

„Die sind aber ganz schön kaputt. Sehen Sie, überall Spliss. Da muss aber einiges ab."

„Okay", sie musste sich räuspern und wiederholte etwas lauter: „Okay."

Die Schere bewegte sich. Instrument weltlicher Eitelkeit. Instrument der Sünde. Wie viel konnte eine Schere sein, wie viel Verdammnis, wie viel Ungehorsam.

Elsa lauschte auf das seltsame mahlende Geräusch, sie spürte den scharfen Kamm immer wieder an ihrer Kopfhaut. Ihr Herz hatte sich beruhigt, ihr Gewissen lag dumpf und schwer irgendwo daneben.

Es ist mir egal, dachte sie, jetzt ist mir alles egal.

„Möchten Sie vielleicht einen Pony? Ich glaube, das würde Ihnen gut stehen."

Elsa schrak hoch, so tief war sie in Gedanken gewesen, so vertieft darin, sich selbst zu beruhigen. „Nein", sagte sie, „nein, nein, das wäre zu viel Veränderung auf einmal."

„Wie Sie wollen."

Sie durfte sich von hinten sehen. Ihr Haar war noch immer lang, ein gutes Stück über die Schultern. Es sah voll und gesund aus. Ein Schleier. Bitteschön, das wäre jetzt ein Schleier. Auf einmal fühlte sie sich frei und leicht. Sie fühlte sich so beschwingt, dass sie in das Geschäft gegenüber ging und sich eine Hose kaufte. Es dauerte ziemlich lange, bis sie eine passende gefunden hatte, denn sie kannte ihre Größe nicht.

„Würden Sie das Etikett abmachen?", bat sie die Verkäuferin. „Ich möchte sie gleich anziehen."

Als sie dann, behost, hinaus auf die winterliche Straße trat, fühlte sie sich wie ein neuer Mensch. Sie hätte die ganze Welt umarmen können. Und da sah sie ihn.

„Hallo, Markus." Jetzt hatte sie ihn begrüßt. Es war zu spät, das zurückzunehmen.

„Oh –" Er erkannte sie nicht sofort. Sie beschloss, das als Kompliment zu werten.

„Aus dem Mittwochmorgen-Seminar."

„Ja, natürlich." Er lächelte. „Klar. Hast du Lust, einen Kaffee zu trinken?"

Sie nickte nur. Ging es wirklich so schnell? Kürzere Haare und eine Hose, und sie sahen einen als einen der Ihren an, als dazugehörig. Als jemanden, den man zum Kaffeetrinken mitnehmen konnte. Sie nickte nicht nur, sie lächelte, und ihr war, als müsste sie strahlen und als müsste er ihr Strahlen sehen.

Er sah es. Diesmal galten seine Blicke tatsächlich ihr. Sie saßen sich gegenüber, und er sah sie an, als sähe er sie zum ersten Mal.

„Sieht gut aus", meinte er und machte eine Handbewegung zu ihrem Haar hin. Dann lenkte er das Gespräch schnell auf den Text, den sie für das nächste Mal lesen sollten, und fragte sie nach ihrer Meinung.

Er ist ja genauso verlegen wie ich, dachte Elsa belustigt. Es gefiel ihr, denn es bewies doch, dass er nicht unablässig jede Mitstudentin zum Kaffee einlud, die er zufällig auf der Straße traf. Sie sprachen über Philosophie. Irgendwie kamen sie danach auf Gott zu sprechen, und Elsa sagte freimütig, dass sie an ihn glaubte. Sie sagte es frei und voller Mut und war darauf gefasst, dass er sie jetzt als das erkannte, was sie war: als eine Fremde aus einer anderen Welt.

Aber ihr Glaube erschreckte ihn nicht und schreckte ihn nicht ab. Er war tolerant, er war interessiert, er fand es anziehend, dass es noch Menschen gab, die glaubten und dazu standen. Sie hatte sich nicht lächerlich gemacht. Sie war keine lächerliche Figur, weil sie beides war: glaubend und schön, nicht nur glaubend. Nicht nur gläubig. Nicht nur eine unter vielen Gläubigen, unter Brüdern und Schwestern, unter Russlanddeutschen. Eine Einzelne, eine Einzigartige, eine, die glaubte und trotzdem eine war. Eine. Eine. Ich.

Als sie an diesem Wochenende nach Hause fuhr, flocht sie ihre Haare so zusammen, dass man nicht sah, dass sie kürzer geworden waren. Die Hose ließ sie in ihrem Zimmer, aber das Kettchen lag immer noch um ihren Hals. Sie hatte gar nicht mehr versucht, es abzunehmen, um sich an das Gefühl zu gewöhnen, Schmuck zu tragen. Sie horchte in sich hinein, ob ihr Glaube dadurch Schaden genommen hatte, und wusste es nicht.

Aber ihre Eltern wussten es. Als sie in die heimatlichen Straßen abbog, sah sie sofort, dass die alte Gewissheit noch da war. Sie betrat wieder die Welt, die sich nicht Welt nannte, wo Frauen mit Kopftüchern und dicken Wollmützen vorherrschten, ohne zu herrschen. Langsam fuhr sie an den zugeschneiten Gärten vorbei, an den beleuchteten Tannenbäumen. Sie kam nach Hause in der Gewissheit, dass dort alles so sein würde wie sonst, dass das Wissen über Recht und Unrecht wieder anspringen, dass ihr Gewissen wieder einsetzen würde.

Ganz so war es dann zwar nicht, denn die Gewissheit, in die sie eintrat, war nicht mehr die ihre. Für das Gewissen reicht jedoch eine Vermutung aus, und ihre Eltern, die ihre Sündigkeit sofort erkannten, häuften ein Vielleicht nach dem anderen darauf.

„Was hast du da um den Hals?", fragte die Mutter.

„Ein Goldkettchen, wie man sieht."

„Wer hat dir das gegeben?", wollte der Vater wissen. Elsa war ihm fast dankbar, dass er nicht noch „du Hure" angefügt hatte.

„Das habe ich schon lange", verteidigte sie sich. „Das habe ich zu meinem fünfzehnten Geburtstag bekommen, von Onkel Edi, schon vergessen?" Onkel Edi war natürlich nicht gläubig.

„Nimm es ab. Wir dachten, du hättest es schon längst weggeschmissen. Du weißt doch –"

„Nein", sagte Elsa, „nein, ich weiß nicht. Warum soll es so schlimm sein?"

Sie hatte keine Lust zum Streiten, sie floh auf ihr Zimmer. Zum Glück hatte sie ihnen nicht gezeigt, was mit ihrem Haar los war. Vielleicht konnte sie es verstecken, bis es nachgewachsen war? Es so lange immer hochstecken?

Aber noch am gleichen Abend wurde auch diese Tat entlarvt. Auf dem Weg vom Badezimmer in ihr eigenes, schon im Nachthemd, sah ihr Vater sie.

„Elsa! Elsa, was hast du gemacht?"

„Die Spitzen waren kaputt."

„Aber so viel! Deine Großmutter hat ihr Haar in ihrem ganzen Leben nicht abgeschnitten, und es war nicht kaputt, und Gott hat sie gesegnet."

„Gefällt es dir nicht?"

„Gefallen? Wie kann mir so was gefallen?"

Was Sünde war, konnte einem richtigen Gläubigen nicht gefallen. Wer zum Glauben kam, änderte nicht nur sein Leben, sondern auch seinen Geschmack. Elsas Mutter zum Beispiel. Sie hatte sich erst mit achtzehn bekehrt und sofort ihre Ohrringe herausgenommen. Man sah die einstigen Löcher immer noch. Was sie einmal schön gefunden hatte, sonst hätte sie sich ja nie Ohrringe verpassen lassen, war ihr nun einen Dreck wert. Pfui, sagte sie, wie kann man das nur schön finden. Und fandest du es nicht auch einmal schön? Da war ich ja auch noch nicht gläubig.

So war das mit dem Geschmack. Ohrringe. Das war natürlich viel schlimmer als ein Kettchen, denn der Akt der Selbstverstümmelung kam hinzu. Ein Loch, wo keins vorgesehen war vom Schöpfer. Das war eine Sünde, ganz klar, und deshalb konnte es auch nicht schön sein. Nur was von Gott kam und was man für Gott tat, war schön. Nur das Göttliche hatte einen Wert. Es klang logisch, wenn man voraussetzte: Alles Gute kommt von oben. Was Menschen taten, war Schund und Tand und Schande. Die Verführungen der Welt – nichts als Glasperlen, ohne einen Wert hinter all dem Funkeln.

Elsa streichelte über ihr gekürztes Haar. War auch das eine Verstümmelung? Es sah jetzt gesünder aus als vorher, jetzt, wo der Großteil des Splisses verschwunden war. Ab. In sündiger Absicht vernichtet.

Wer bin ich, Gott, fragte sie, Gott, wer bin ich. Sünderin? Liebe ich dich nicht genug?

Sie wollte Gott nicht wehtun, wie sie schon ihren Eltern wehgetan hatte. Und allein das reichte schon, um auch Gott zu betrüben.

Aber ich liebe dich doch. Doch.

10. Eine Predigt

Ich bin tot. Sie rief sich das wieder und wieder ins Gedächtnis: Ich bin tot. Ich tauchte ins Wasser hinein, ich tauchte aus dem Wasser auf. Tot. Aber es war verblasst, das Totsein. Sie holte die Kassetten hervor, auf denen der Taufgottesdienst aufgezeichnet war.

„Wer sind diese, weiß geschmückt?
Die sich in des Lammes Blut wuschen rein.
Nun stehen sie vor Gottes Thron,
singen: Weisheit, Dank und Ruhm und Preis.
Nimmer werden sie hungern und dürsten,

an den Wassern des Lebens werden sie gehn,
und sie wird des Lammes Auge leiten."

Es war eine fremde Sprache, es waren Hieroglyphen. Sie verstand es nicht mehr, und der Gesang klang schrecklich. Noch ein Lied. Dann die erste Predigt. Ich spreche zu euch, sagte der Bruder, aber nicht ich, sondern Jesus. Erlöst zu sein von dem furchtbaren Schmutz der Sünde, sagte er, das ist Gnade, sagte er. Wieder ein Lied. Und noch ein Lied und noch ein Lied und noch ein Lied. Dann die zweite Predigt. Der Herr selbst will etwas zu euch sagen, betonte auch dieser Bruder, und sie versuchte, wirklich zuzuhören, willig und aufmerksam zuzuhören und wieder das zu fühlen, was sie damals gefühlt hatte.

„Liebe Versammlung! Liebe Freunde, liebe Brüder und Schwestern!"

Wenn er wüsste, wie wenig lieb ich geworden bin. Ohne besonders viel Liebe.

„Ich glaube, an so einem Tag, dann klopft das Herz doppelt so schnell wie sonst immer. So geht es mir auch heute, wo ich diese große Menge Menschen sehe, und da ist es mein Trost, dass der Herr heute selbst zu euch etwas sagen will. Und wenn wir in einem rauen Alltag, auch in der Gemeinde, leben, da scheint es oft so, da schreit manch eine Seele: Herr, Herr, wo bist du, wir spüren deinen göttlichen Segen nicht mehr so, wie wir möchten!"

Ja, Herr, wo bist du, wo bist du, ich rufe, bist du da, bist du noch bei mir?

„Aber wir haben die Gebetserhörungen, und heute können wir doch alle bezeugen: Der Herr erhört Gebet. Der

Herr ist noch gnädig, der Herr ist noch mit seinem Volk, er hat sich noch nicht abgewandt und wird's auch nicht tun."

Sind wir das Volk? Sind wir's denn? Sind wir's und sonst keiner? Ich bin nicht mehr dabei. Nicht mehr, nicht mehr so wie früher. Wendest du dich ab, Herr, wenn ich nicht mehr dazugehöre, offiziell schon noch und zu dir auch innerlich, aber nicht mehr zu ihnen, nicht mehr zu ihnen mit Herz und Seele.

„Und wir möchten uns ganz herzlich eins machen auch mit den lieben Geschwistern, die sichtbar bezeugt haben: Sie wollen Jesus nachfolgen, auch in den Tod. Und ich glaube, an so einem Tag, wie ich schon sagte, klopft das Herz. Und wollen wir das Herz nicht nur klopfen lassen doppelt so schnell, wollen wir das Herz öffnen, um das Wort aufzunehmen, was er uns zu sagen hat. Und der Herr hat immer was zu sagen. Ich möchte uns heute morgen alle aufmerksam machen auf den Preis der Nachfolge. Was das ist, Jesus nachzufolgen, was das heißt. Ich glaube, dass alle, die hier im Raum sind, haben schon etwas mit Werbung zu tun gehabt, mit Reklame. Ich glaube, viele von uns haben das verspürt, wo an der Tür plötzlich die Klingel ging, wir öffneten, und uns wird etwas angeboten. Etwas wird uns angepriesen, vielleicht gar nicht schlechte Dinge, und viele waren vielleicht auf einer Werbefahrt mitgefahren und haben das da angehört und haben anschließend etwas gekauft, was sie gar nicht brauchen. Ist es nicht manch einem so ergangen? Und so, die Welt, besonders hier im Westen, wirbt, die Welt wirbt. Die Welt setzt alles in Bewegung, um zu werben für ihre Sachen, für ihre Produkte."

Sie wirbt um mich wie ein junger Mann um eine Frau, die ihm gefällt. Wie Markus um mich, wie ich um ihn, so werben wir alle. Sehnsucht, nicht die Absicht einer Täuschung, treibt uns.

„Nur stimmt vieles nicht, viele Dinge, wenn man sie dann praktisch ausprobiert, sind gar nicht so herrlich, wie sie uns angepriesen werden. Denn – es ist eben Welt. Aber nicht so bei Jesus. Jesus Christus wirbt auch, heute ist die größte Werbung, die größte Reklame sind die Geschwister, die Werbung machen für Jesus. Er sagt immer die Wahrheit. Wenn er sagt: Kommet zu mir alle, kommet, kommet zum Kreuz, da findet ihr Ruhe, sagt er auch immer gleich die zweite Seite, er sagt auch die Aufgabe, er sagt das, was einem begegnen wird, wenn ich nachfolgen werde. Und so möchte ich uns ein Wort lesen aus dem Lukasevangelium, Kapitel 9, ab Vers 23: ‚Da sprach Jesus zu ihnen allen: Wer mir folgen will, der verleugne sich selbst und nehme sein Kreuz auf sich täglich und folge mir nach. Denn wer sein Leben erhalten will, der wird es verlieren, wer aber sein Leben um meinetwillen verliert, der wird es erhalten. Und welchen Nutzen hätte der Mensch, ob er die ganze Welt gewönne und verlöre sich selbst oder beschädigte sich selbst? Wer sich aber mein und meiner Worte schämt, des wird sich des Menschen Sohn auch schämen, wenn er kommen wird in seiner Herrlichkeit und seines Vaters und der heiligen Engel.‘ Hier schildert Jesu die Nachfolge, wie es sein wird, wenn du nachfolgst. Habt ihr schon nachgedacht, was das heißt: Wer mir folgen will. Da heißt es nicht: Wer mir nachfolgen muss. Das Erste, was wir entnehmen können: Freiwilligkeit. Auf dieses kommt es drauf an. Es wird niemand einst sein im Himmel oder in der Hölle, der müsste bezeugen: Ich bin gezwungen worden, hier einzutreten. Es scheint oft so in unserem Leben, auch im Gemeindeleben, dass wir jemanden möchten mit Gewalt in den Himmel hineinschieben. Aber das wird es nicht geben."

Ja, dachte Elsa, da hat er Recht. Zum Glauben hat mich niemand gezwungen, wenn mich die Angstmacherei vielleicht auch ein bisschen angeschoben hat. Andere Zwänge sind es, die mich so verstören.

„Das Ja zu dem, was der Herr von mir will, ist so eng verbunden mit der Hingabe. Nur wenn ich mich Jesus hingebe, kann er sein Werk an mir tun. Die treibende Kraft der Hingabe ist die Liebe Gottes. In dem Moment, wo ich ja sage, ist die Liebe Gottes in das Herz ausgegossen. Jesus ist freiwillig in den Tod gegangen. Er hat die Schmach auf sich genommen, freiwillig, der Vater hat ihn nicht gezwungen. Und so wird es auch in unserem Leben einen Segen über uns geben, wenn ich sage: Ich will dir folgen. Ich will dir dienen. Ich will mit dir Schmach leiden. Freiwilligkeit, das ist der erste Punkt an diesem Vers.

Weiter heißt es: Wer mir folgen will, der verleugne sich selbst. Was heißt das: sich selbst verleugnen? Wir wissen, dass jeder Mensch besitzt dieses, das eigene Ich. Und dieses Ich im Menschen kann ihm großen Schaden anrichten. Dieses Ich oder das Ego, wie man sagt, das zwingt den Menschen zu solchen Taten, die er gar nicht tun möchte. Damit ein Christ ein siegreiches Leben führen kann, muss das Ich gekreuzigt werden. Und das Ich, das kommt in uns immer noch so hoch. Da kommt mir einer zu nahe, und dann steigt das Ich in mir auf und die innere Stimme in mir:

Lass dir das nur nicht gefallen, was erlaubt der sich, ich bin doch nicht der Letzte. Und die Bibel sagt aber, dass das Ich begraben werden sollte. Das Ich ist gekreuzigt samt Christus. Wenn ich zu Christus ja sage in der Nachfolge, dann wird mein alter Mensch samt ihm gekreuzigt werden, und ich ziehe den neuen Menschen an. Ist jemand in Christus, so ist er eine neue Kreatur."

Frieden bewahren, Frieden leben. Schwer, aber vielleicht doch gegen alle Vernunft erstrebenswert. Nur, wieder regte sich in ihr der Aufstand, nur dieses Wort: Ich. Ein Wort, an dem ich hänge. Ich. Was habe ich denn sonst. Sagen wir, den Egoismus opfern, die Rechthaberei, auch mal zurückstecken können, auch mal opfern können. Der Frieden und die Liebe als Lebensprinzip.

„Nicht, dass das Ich weg ist, das Fleisch wird an uns bleiben, solange wir in dieser Welt sind. Die Selbstlosigkeit, damit werden wir von uns selbst los. Die Bibel warnt uns immer wieder: Hochmut kommt vor dem Fall. Das eigene Ich will den Menschen zu Hochmut und Stolz zwingen. Jesus hätte mit einem Wort die Feinde besiegen können, stattdessen hat er sich peinigen lassen, schlagen lassen, und wenn unser Herr die Dornenkrone getragen hat, möchten wir lieber die goldene Krone tragen? Dass wir diese Demut von unserem Herrn lernen könnten! Dass allein Jesus Christus täte herrschen in unserem Leben und nicht der Stolz! Vielleicht habt ihr von dem Gottesmann Georg Müller gehört, der zehntausend Waisenkinder in England unterhalten hatte, und er hat das Werk aufgebaut in vollem Vertrauen auf Gott. Wo manchmal am Morgen das Essen noch nicht da war für die Kinder, und sie haben gebetet, und kurz danach hat es jemand gebracht, das Geld, dass sie konnten Speise kaufen. Und immer genug. Und dieser Georg Müller wurde einst gefragt: Sag mal, Bruder Müller, was ist das Geheimnis deines Segens? Und dann sagte er: Es gab einen Tag, an dem Georg Müller starb. Und das wird auch bei uns so sein. Wo das Ich gestorben ist, wo ich das Steuerrad des Lebens Jesus überlassen hab, nur dann wird der Herr segnen können.

Und weiter heißt es: der nehme sein Kreuz auf sich. Jesus legt uns, einem jeden persönlich, Kreuze auf. Der Herr Jesus prüft in der Nachfolge seine Kinder in der Belastbarkeit. Was haben wir zu tragen? Was legt er uns auf? Das Kreuz, das sind Dinge des alltäglichen Lebens. Das ist Krankheit, das ist Freude, es ist Leid, es sind oft unsere Nachbarn, es sind unsere Brüder in der Gemeinde, das sind Kreuze, die wir zu tragen haben. Können wir tragen? Sagen wir ja zu der Last, die Gott uns auferlegt hat?"

Was bedeutet das, fragte sie sich, muss ich durchhalten, ist es das? Egal, wie sehr mir alles gegen den Strich geht, muss ich mein Ich kreuzigen und durchhalten? Die Last auf mich nehmen, ohne zu klagen? Andere tun das, weil sie glauben, dass sie es müssen. Aber ich kann nicht glauben, dass Gott von mir verlangt, so viel Energie in eine Sache zu stecken, die sich nicht lohnt: in Gesetzlichkeit.

„Jesus sagt: Es wird Probleme geben in deinem Leben. Du wirst vielleicht verlacht werden, verspottet werden. Du wirst vielleicht auch von der Arbeit geschickt, hier ist es nicht so schlimm in diesem Lande, aber wer hat das drüben nicht erlebt, dass manch einer musste den Arbeitsplatz wechseln, wo er gläubig wurde. Sind wir bereit, diese Last zu tragen? Sind wir mit dem Kreuz, das er uns auferlegt, zufrieden? Wollen wir nicht oft den leichteren Weg gehen?"

Ja!

„Und möchte der Herr uns bewahren davor. Denn der Segen liegt nur in der Freiwilligkeit der Nachfolge, in der Selbstlosigkeit und in der Bereitschaft, zu tragen, was er uns auflegt. Und wenn er was auflegt, dann hilft er auch.

Und Jesus sagt auch: Wer nicht sein Kreuz auf sich nimmt und mir nachfolgt, der kann nicht mein Jünger sein. In der Heiligen Schrift ist es immer: entweder – oder. Wir Menschen möchten auch mal die mittlere Stufe, den mittleren Weg, wir möchten den Menschen nicht ganz so radikal einstufen: Er ist vielleicht doch schon gläubig, es ist ein guter Kern in ihm. Nicht so bei Gott. Entweder folgst du nach, oder du gehst ins ewige Verderben. Und wenn wir nicht bereit sind, das Kreuz zu tragen, dann sind wir nicht seine Jünger.

Und das Nächste in diesem Vers: täglich. Täglich! Nicht am Sonntagmorgen, sondern beständig. Bei einem Christen gibt es keinen Urlaub. Dass er jetzt im Urlaub sein Kreuz ablegen könnte … Vierundzwanzig Stunden, und das Tag für Tag. Es gibt viele Christen, die momentane Begeisterung erleben, so wie heute viele den Höhepunkt haben, aber morgen sind sie tief unten, sind sie geschlagen, haben keine Freudigkeit mehr. Nicht so bei Jesus. Beständig!

Und folge mir nach. Habt ihr gemerkt, um was es hier geht? Zu folgen, das ist, hinter Jesus zu gehen. Wir sind oft so brave Menschen, wir möchten oft ein Stück des Weges auch vorangehen. Jesus brauchen wir nur, wenn es uns schwer wird, oder wenn wir dann wieder am Ende sind.

Nicht so. Wir müssen hinter Jesus gehen. Abhängig sein. Wir sind ja hier im Westen so wohlhabende Menschen, wir brauchen keinen. In Russland brauchte ich noch meinen Nachbarn, da war das Geschäft zu, kein Brot, musste ich beim Nachbarn Brot ausleihen oder Salz oder so was, das brauch ich hier nicht. Ich hab eine Truhe, da ist alles gefroren schön da. Wir brauchen nicht mal unsere Nachbarn. Und durch dieses gute Leben brauchen wir einander nicht. Und durch dieses gute Leben im Wohlstand brauchen wir den Herrn Jesus schon gar nicht. So scheint das oft. Doch nur wer in dieser Abhängigkeit bleibt, abhängig von ihm, der wird gesegnet werden.

Bist du bereit, um Jesu willen etwas zu lassen? Bist du bereit, um Jesu willen etwas zu tun? Um Jesu willen, nicht um den Willen aller dieser Menschen. Bist du um Jesu willen bereit, Schmach zu tragen? Gehorsam zu sein? Dich zu beugen? Und auf dieses Beugen, auf dieses Gehorsamsein legt Gott den größten Wert. Und man sagt immer, das Hauptwort, das einzige Wort, was einen voran kann bringen im Glaubensleben, ist Gehorsam. Gehorsam seinem Wort, Gehorsam dem Geist, der in uns wohnt. Das große G muss immer drei kleinen g gleichen, das heißt Gehorsam gleich, ganz und gern. Auf diese drei Wörtlein kommt es drauf an.

Jesus sagt uns die volle Wahrheit. Damit müsst ihr rechnen: Wer mir folgen will (das wird auf diese Freiwilligkeit ankommen), der verleugne sich selbst (selbst von sich loswerden), der nehme sein Kreuz auf sich (Belastbarkeit, bereit sein, Lasten zu tragen, täglich, das ist die Beständigkeit, darauf kommt es an, und auch die Abhängigkeit), der folge mir nach. Und möchte der Herr uns in diesem segnen, dass auch wir den Segen empfangen. Habt ihr schon gemerkt, wenn ihr ein Geschenk weiterreicht, wer hat dann den größeren Segen? Ich glaube beide. Der Geber ist auch gesegnet. Und so ist es auch in unserem Glaubensleben. Wenn wir eine schlechte Gewohnheit aufgeben, oder Geschwister merken was an unserem Äußeren oder was, und machen uns aufmerksam, wenn ich das dann aufgeben kann, es kann ein großer Segen daraus werden. Denn der Segen ist nicht immer im Empfangen, sondern im Aufgeben, im Weitergeben. Der Herr Jesus sagt klar: Was hätte der Mensch davon, wenn er den ganzen Reichtum dieser Welt hätte, wenn er alles hätte, aber Schaden an seiner Seele nähme. Und möchte doch, dass dieses Wort doch Herzen angesprochen hätte, dass wir doch in der Gnadenzeit, in dieser guten, angenehmen Zeit, Jesus nachfolgen. Denn er ruft heute noch so freundlich: Kommet zu mir alle, die ihr mühselig und beladen seid, ich will euch erquicken. Und lieber Freund, heute ist der angenehmste Tag deines Lebens, und du könntest dieses Fest verschönern, du könntest ihn krönen, wenn du tätest sagen in deinem Herzen: Ich will, Herr. Ich will dir folgen, ich will mich zu dir wenden, und der Herr segne dich auch in diesem."

Danach wurde es still in ihr. Sie war ganz still. Der Gedankenquirl stoppte. Sie ließ die Kassette weiterlaufen und registrierte die weiteren Abläufe des Taufgottesdienstes, ohne wirklich dabei zu sein. Ein Lied. Die Segnungen über jeden Täufling. Ein Lied. Wie dann jedem der knienden jungen Leute gesagt wurde: „Steh auf, liebe Schwester (oder lieber Bruder), und sei willkommen in der Gemeinde des Herrn. Der Herr segne dich und setze dich zum Licht in der Gemeinde." Dann sprach der Älteste noch einige Worte, langsam und bedächtig und heilig, in Elsas Stille hinein: „Seid ihr nun mit Christo auferstanden, so suchet, was droben ist, da Christus ist, sitzend zur Rechten Gottes. Trachtet nach dem, was droben ist, nicht nach dem, was auf Erden ist, denn ihr seid gestorben, und euer Leben ist verborgen in Christus, in Gott."

Und wieder ein Lied.

Sie legte Kassette nach Kassette ein. Drei waren es insgesamt. Auch der Nachmittagsgottesdienst war mit drauf: zwei Lieder, ein russisches Gedicht, ein Lied, ein „Zeugnis", in dem eine weinende Frau von einer Gebetserhörung berichtete: dass sie um ein Mädchen gebetet hatte, als sie zum dritten Mal schwanger gewesen war, die ganze Schwangerschaft hindurch hatte sie zu Gott gefleht, und da war es, das inzwischen erwachsene Mädchen, unter den Täuflingen, Preis sei Gott. Lieder. Ein Anspiel. Lieder. Eine Predigt. Ein Anspiel. Lieder …

Ihr schwirrte der Kopf. Aber sie war still. Ganz still war sie und hörte nicht richtig zu, ließ alles an sich vorbeifluten, den Strom von Worten und Musik, es floss und floss und hörte nur auf, wenn die Seite zu Ende war, und ging sofort weiter, wenn sie sie umdrehte.

Was tue ich hier eigentlich, fragte sie sich, was tue ich hier, will ich mich zurückhören, oder was? Will ich mich in eine Zeit zurückversetzen, die vorbei ist? Ich kann ins Bethaus gehen, in die Versammlungen, wenn ich solche Predigten und Lieder und Gebete hören will. Es hat sich dort nichts verändert.

Ich bin es, die sich verändert hat.

11. In der Welt

Markus legte seine Hand auf ihre und sah sie an. Sie erschrak, nicht vor seinem Blick, sondern vor dem, was sie bei dieser Berührung fühlte. Sie erschrak, weil sie in einem verdunkelten Kino saßen und vor ihnen ein Film ablief, auf den sie sich kaum konzentrieren konnte, weil er neben ihr saß und weil es ein Kino war. Eigentlich fand sie es gar nicht so schrecklich, im Kino zu sitzen. Sie hatte nicht das Gefühl, dass hier etwas Schlimmes mit ihr passierte, etwas, das ihren Glauben bedrohte, nicht bis zu diesem Augenblick, in dem er sie anfasste. Nur die Hand, es ist nichts weiter, redete sie sich zu, es ist nicht unanständig oder so. Aber ihr Körper reagierte auf diese harmlose Berührung mit Schauern der Lust und des Erschreckens, und das war vielleicht ein Zeichen, dass das hier zu weit ging. Und dass es in eine Richtung ging, die ganz bestimmt Sünde war. Mit einem jungen Mann im Dunkeln zu sitzen und sich anzufassen, das konnte nur in Sünde enden.

Aber sie entzog ihm ihre Hand nicht. Sie sah zurück und ließ ihr Gesicht lächeln, denn ihr Körper wollte es so, ihr Fleisch sagte ja, dieses vorsichtige Berühren, Hand auf Hand, sie wollte das, ja, sie lächelte.

Der Film war schön und unbedeutend. Sünde vielleicht, oder auch nicht. Aber das hier, diese Hand, das war anders, das rührte an die Substanz, an ihr Inneres, das war sogar eine Sache der Seele …

Nach dem Film schlenderten sie durch die Einkaufsstraßen, blieben vor den Schaufenstern stehen, manchmal sahen sie sich an. Ihre Hände verirrten sich zueinander. Ihre Worte spielten miteinander, ergaben ein Muster von ineinander verschlungenen und aufeinander aufbauenden Sätzen. Sie verstanden einander. Sie waren jung und schämten sich dessen nicht. Es war eine Tugend, jung zu sein. Sie waren frei und füreinander anziehend, und sie waren sich dessen bewusst.

„Ich war zum ersten Mal in einem Kino", sagte Elsa offen, „bei uns ist es Sünde."

„Dann hast du für mich gesündigt?", fragte er und lachte froh.

„Es ist für uns Sünde, aber nicht für mich", erklärte Elsa und wunderte sich, dass sie ihm so etwas erzählen konnte. Wenn er lachte, dann nicht über ihren Glauben, sondern über die schönen Seiten des Lebens. „Sünde" bedeutete ihm nichts. Sie begann zu begreifen, was Normalität für die anderen war, was es hieß, in der Welt zu leben. Naivität, Sorglosigkeit, Freiheit, dachte sie. Zusatzfrage: Dummheit? Nein, lehnte sie ab, es ist doch keine Dummheit, das, woran man nicht glaubt, nicht ernst zu nehmen?

„Glaubst du gar nichts?", fragte sie.

„Ich weiß nicht", meinte er, „man kann schließlich nicht wissen, ob es einen Gott gibt oder nicht."

„Ich weiß", sagte sie, „und deshalb nennt man es ja auch Glaube. Ich lebe, als ob es einen Gott gibt, und du lebst, als ob es keinen gibt."

„Warum?", fragte er mit einem spöttischen Lächeln. „Meinst du, ich würde so schlecht abschneiden?"

Elsa war in ihrem Element. Ein Ungläubiger, der nach den Grundwahrheiten des christlichen Glaubens fragte, der sie fragte, und froh über dieses Vertrauen sagte sie: „Die größte Sünde ist die Gottesferne. Wenn man nicht mit Gott lebt –"

„Guck mal!", rief er und zog sie zu einem Schaufenster.

Es ging Elsa nicht darum, alle zu ihrer Meinung zu bekehren. Es ging überhaupt nicht um Meinungen. Wenn es wahr war, dass ein gerechter Gott lebte, bedeutete es den Tod, ihn nicht zu beachten. Und nicht einmal denen, die man nicht mochte, wünschte man, wenn man selbst glaubte, ein solches Ende. Um wie viel mehr hoffte man für die, die einem etwas bedeuteten. So ging es allen Gläubigen, so ging es auch Elsa. Sie betete für Markus, doch sie konnte nicht öfter mit ihm darüber sprechen, als er bereit war.

Aber sie trafen sich immer häufiger. Elsa, die zu Hause immer noch brav als vorzeigbare Gläubige auftrat, gewöhnte sich zur gleichen Zeit an ein weltliches Leben. Sie trug Hosen und offene Haare, sie experimentierte mit Make-up, sie ging mit Markus ins Kino. Sie kostete vorsichtig von den Getränken, die er bestellte. Sie durfte keinen Alkohol trinken; der Abendmahlswein war die einzige Ausnahme, und doch probierte sie nun Bier und Wein und verschiedene Liköre, ganz vorsichtig, ganz wenig. Dann ließ sie es sofort wieder bleiben. Schon zu viel Sünde staute sich in ihr an, schon zu viele andere Dämme brachen. Freisein. Ich möchte endlich frei sein.

Und dann wieder Zuhause, wieder Gemeinde, wieder Nichtwelt. War es ein Doppelleben, das sie führte? Ihr kam es nicht so vor. Sie trennte ihr Leben einfach (und es war nicht einfach), sie teilte es in den Bereich, in dem die Gesetze von ihr abfielen, und in den, wo sie daran festhielt, um sich nicht von den anderen zu unterscheiden. Um keinem wehzutun. Das war ihr Ziel: niemanden zu verletzen, besonders ihre Eltern nicht. Deshalb hielt sie ihre Gedanken zurück, wenn sie mit ihnen sprach, ihre Zweifel, ihre Auflehnung, nicht aus Heuchelei, sondern aus Liebe, vielleicht auch aus Angst.

Aber die Trennung ließ sich nicht ständig aufrechterhalten. Es war nicht möglich, Regeln anzuzweifeln und sich genauso an sie zu halten wie sonst. Elsa wurde dies bewusst, als sich ihre Jugendgruppe zum gemeinsamen Schlittenfahren verabredet hatte und sie in ihrem Zimmer vor dem Kleiderschrank stand und überlegte, was sie anziehen sollte. Eine Hose natürlich, dachte sie und erschrak. Es war natürlich nicht selbstverständlich. In manchen Gemeinden durften Mädchen für solche Unternehmungen ausnahmsweise Hosen anziehen, in ihrer Gemeinde tat das jedoch niemand. Wenn eine Hose, dann muss man einen Rock drüber tragen, hatte ihre Oma immer gesagt. Aber dann sehe ich unmöglich aus, lehnte sich ihr Stolz auf, ich tu das nicht, nein, nein.

Und sie zog nur die Hose an.

Als sie nach unten kam, blickte ihre Mutter sie entgeistert an. „Aber Elsa, seit wann hast du diese schreckliche Hose?"

„Ich geh mit zum Schlittenfahren. Ich werd gleich abgeholt."

„Aber Elsa –"

Jetzt hatte sie ihrer Mutter doch wehgetan. Jetzt war ihr Stolz größer gewesen als ihre Liebe. Sie fühlte sich schuldig, und ihr Gewissen stöhnte. Sie hatte Angst vor der

113

Reaktion der anderen. Vor ihren Blicken, vor dem, was sie vielleicht sagen würden. Schlimmer noch: was sie denken würden.

Sie fühlte sich nackt, als sie die Hupe hörte und zum Auto ihrer Freundinnen lief. Mit Stiefeln und einer dicken Jacke und Mütze und Handschuhen und Hosen fühlte sie sich nackt. Aber sie setzte sich zu ihnen ins Auto und rief: „Es kann losgehen!"

Die anderen Mädchen hatten nur Röcke an und dicke Strumpfhosen. Sie sahen aus wie immer. Alles sah aus wie immer. Aber es fühlte sich anders an. Die Stimmung war anders, ein Schweigen fuhr mit, und obwohl eine Kassette mit fröhlichen christlichen Liedern keine Stille aufkommen ließ, hing das seltsame Schweigen weiterhin in der Luft, die unausgesprochene Frage: „Was ist mit dir los, Elsa?" Wenn sie es gefragt hätten, wäre es nicht so schlimm gewesen. Elsa hätte begründen können, warum sie so erschienen war. In der Zeit, in der wir hier leben, sind Hosen keine reine Männerkleidung. Anders sieht es bei Männern in Röcken aus, aber Frauen in Hosen, das fällt niemandem unangenehm auf, wir leben doch hier und jetzt, und hier ist es einfach so. Wir können doch nicht ständig unsere eigenen Regeln aufstellen, was angemessen ist und was nicht. Gern hätte sie das gesagt, es brannte ihr auf der Zunge, aber niemand fragte, und so schwieg sie auch und fühlte sich nicht wohl in der Mitte der anderen.

Trotzdem wurde es noch ein schönes Schlittenfahren. Sie waren mit mehreren Autos gefahren, und so waren außer den verstörten Mitfahrerinnen noch andere anwesend, auch Jungen und junge Männer. Diesen schien Elsas ungewöhnliche Kleidung nichts auszumachen, und sie luden sie öfters zu sich auf ihre Schlitten ein. Seltsamerweise waren Frauenbeine in Hosen für die männlichen Gläubigen etwas besonders Interessantes, nur Waldemar, den sie hier nach langer Zeit wiedersah, sprach nicht mit ihr. Er fungierte vielmehr als Beobachter und war offensichtlich sogar zum offiziellen Aufpasser bestellt, denn er beobachtete mehr als dass er sich amüsierte. In ein paar Tagen würde die ganze Gemeinde wissen, dass sie Hosen angehabt und sich an die Jungs herangemacht hatte.

Der Hang war sehr steil, und der Schlitten raste hinunter. Elsa hielt sich an dem Jungen fest, der vor ihr saß, und lachte laut auf.

Hausbesuch. Es war nichts Ungewöhnliches. Jedes Gemeindeglied wurde einmal im Jahr von zwei Brüdern besucht und ermahnt oder ermutigt oder was gerade anstand.

„Du kommst nicht mehr regelmäßig zu den Versammlungen."

„Du hast auf dem Ausflug Hosen angehabt."

„Das ist nicht recht, nein, nein. Wenn du so weitermachst, wird deine Seele Schaden nehmen."

Elsa sagte nichts dazu. Zu gut wusste sie, dass es keinen Zweck hatte, sich mit den Brüdern zu streiten. Aber sie sahen sie so an. Sie musste wohl doch etwas sagen.

„In dieser Gesellschaft werden Hosen nicht als reine Männerkleidung betrachtet", sagte sie trotzig.

„Das mag sein, aber in der Gemeinde, Schwester, du lebst in der Gemeinde, nicht in der Welt, und in der Gemeinde ist das nicht Sitte. Den Juden ein Jude, den Griechen ein Grieche. Bei uns ist das nicht Sitte."

Sie blickten sie an, als erwarteten sie das Versprechen, dass sie so etwas nie wieder tun würde, aber sie versprach nichts. Danach jedoch, als die Brüder gegangen waren, lief sie durch das ganze Haus und fand ihre Mutter und lachte und umarmte sie und rief: „Sie haben es zugegeben. Sie haben es tatsächlich zugegeben!"

„Was? Was ist denn los?"

„Dass es eine Sitte ist. Es hat nichts mit Gottes Willen zu tun. Es ist eine Sitte, verstehst du das nicht, Mama, es ist nichts weiter als eine Tradition!"

„Was denn?"

„Na, das Ganze, mit den Röcken und so."

„Aber es steht in der Bibel, dass –"

„Es ist nur eine Tradition!", frohlockte Elsa. „Wie können sie erwarten, dass ich mich an eine überkommene Tradition halte?"

Entsetzen. „Wie kannst du so was sagen, es ist eine Sünde, Elsa, das ist es. Man muss der Gemeinde und den Brüdern gehorchen. Und du solltest deinen Eltern gehorchen."

Elsa sah ihre Mutter an in dem braunen Rock und der strengen Frisur, und sie sah die vielen Sorgenfalten um die ernsten Augen, Augen voller Liebe und Kummer, und sie verstand auf einmal, dass sie hier nie Verständnis finden würde. Ihre Mutter glaubte, und sie glaubte alles, und jede kleine Abweichung machte ihr Angst. Es war keine Angst, über die man lachen und einfach hinwegsehen konnte, sie war so wichtig, dass sie das ganze Leben bestimmte. Elsa konnte ihrer Mutter diese Angst nicht nehmen, und sie konnte nicht aufhören, ihr dadurch wehzutun, dass sie selber keine Angst mehr hatte. (Na, ob das wahr ist? Eine Stimme in ihrem Hinterkopf, die warnt und flüstert. Angst hat Widerhaken. Angst lässt sich nicht abschütteln und nicht ausreißen.)

Sie wollte mit jemandem reden, den ihre Zweifel nicht so ängstigen und nicht so verletzen konnten. Kurz entschlossen stieg sie ins Auto und fuhr zu Katharina. Sie rief sie selten vorher an. Katharina war fast immer zu Hause und hatte fast nie Zeit; es war besser, vor der Haustür zu stehen, anstatt sich am Telefon abwimmeln zu lassen.

Sie war auch jetzt da, das Bügelbrett stand mitten im Raum, und das Sofa war von Haufen ungebügelter Wäsche besetzt.

„Schieb sie beiseite", sagte Katharina schwach.

Aber Elsa hatte im Augenblick kein Mitleid mit ihrer Schwäche. „Hast du's schon gehört?"

„Dass du mit deinen Hosen den armen Waldemar fast in den Wahnsinn getrieben hast? Ja, allerdings. Waren die Brüder schon bei dir?"

„Sie sind gerade eben gegangen."

„Und, wie war's?" Katharina sah kaum von ihrer Wäsche auf, und diese Blicklosigkeit machte Elsa nervös. Sie rückte schnell mit ihrer Botschaft heraus, in der Hoffnung auf größeres Interesse.

„Sie sagten, Röcke seien eine Sitte unserer Gemeinde, und deshalb sollte ich mich dran halten. Katharina! Sie haben's nicht mit der Bibel begründet! Eine Sitte, sagten sie!"

„Was ist daran so aufregend?"

„Gottes Gebote ändern sich nicht, aber Sitten schon. Und es ist doch wohl ein Unterschied zwischen einer Sünde und einer – Sittenwidrigkeit."

„Auch Ungehorsam gegenüber der Gemeinde ist eine Sünde", fand Katharina.

„Aber warum hat die Gemeinde dann solche Regeln? Sie könnte sie auch ändern. In Deutschland sind die Sitten anders als in Russland oder vor hundert Jahren."

„Weißt du was?", meinte Katharina und stellte das Bügeleisen auf. „Mein Vater ist doch eine Zeit lang im Bruderrat gewesen, und der Älteste hat gesagt, diese Gesetze sind wichtig, um die Ordnung in der Gemeinde aufrechtzuerhalten. Tücher und Röcke und so weiter, das alles."

„Es dient zur Kontrolle?", rief Elsa entgeistert. „Um die Kontrolle aufrechtzuerhalten?"

„Ordnung", berichtigte Katharina, „Ordnung, das ist doch was ganz anderes."

„Für Zucht und Ordnung? Dafür? Sie glauben selber nicht, dass es so wichtig ist, die Brüder? Nur zur Kontrolle? Zur besseren Machtausübung?"

„Jetzt hör aber auf", verlangte Katharina, „du hast das in den falschen Hals gekriegt. Ich meinte doch nur, sie wollen das Beste für die Gemeinde, und ein ordentliches Leben ist wichtig, und es hat sich ja auch bewährt und –"

„Sie üben Herrschaft aus", sagte Elsa dumpf.

„Du gehörst zur Gemeinde, und man muss sich eben hineinfügen. Ein Jude den Juden –"

„Nicht du auch noch", stöhnte Elsa, „was soll dieser Vers? Er ist doch ganz anders gemeint. Er bedeutet, dass ich mich der Kultur, in der ich mich befinde, anpassen muss, um glaubwürdig als Christ zu leben."

„Tatsächlich?" Katharina war erstaunt. „So habe ich es noch nie gesehen."

„Liest du deine Bibel überhaupt?"

„Ich hab doch kaum Zeit …" Sie holte sich ein neues Hemd aus dem Stapel und breitete es sorgfältig aus.

Elsa sah ihr dabei zu. Sie schwiegen eine Weile.

„Setz dich hin", sagte Elsa schließlich. „Ich wechsel dich mal ab."

„Danke, es geht schon. Eugen ist immer so eigen mit seinen Hemden." Sie bügelte weiter. „Hast du einen Freund?"

Die Frage kam so unerwartet, dass Elsa zusammenfuhr. „Warum?"

„Du hast dich so verändert in letzter Zeit. Ist es dein Studium? Oder ein Mann?"

„Ich habe jemanden kennen gelernt", meinte Elsa vorsichtig, „aber ich würde ihn einen Bekannten nennen." Sie konnte jedoch nicht verhindern, dass ihr das Blut in den Kopf stieg und ihre Farbe sie Lügen strafte.

„Doch nicht etwa einen Ungläubigen?"

„Doch", sagte Elsa, „aber ich habe ihm schon viel vom Glauben erzählt."

„Brich es ab", riet Katharina, „das kann kein gutes Ende nehmen. Eine Gläubige und ein Ungläubiger, das ist nichts, das geht nicht gut. Ein Christ soll nicht am gleichen Joch mit den Ungläubigen ziehen."

„Will ich ihn heiraten, oder was? Wir sind nur Bekannte."

„Ja, oder was? Nicht mal heiraten, wie? Wenn du dich sowieso von ihm trennen willst, tu's lieber jetzt, ehe es dir zu schwer fällt. Wenn man einen Freund hat, sollte man ihn auch heiraten können. Aber wenn es von vornherein unmöglich ist …"

„Er ist anders als all die andern hier", sagte Elsa. „Er hat Humor. Er denkt tief über alles nach. Er ist nicht so oberflächlich wie die meisten hier."

„Ein Christ ist doch niemals oberflächlich!", empörte sich Katharina. „Wenn man über Sünde nachdenkt und über die Seele und über Gott, und überhaupt, Elsa, das gefällt mir gar nicht, mach keinen Fehler!"

„Bist du denn glücklich mit deinem Eugen?", schlug Elsa zurück. Es war eine Frage, die sie schon einmal gestellt hatte.

„Ich habe alles, was eine Frau sich wünschen könnte", antwortete Katharina würdevoll. „Halte das nicht für wenig. Ich bin zufrieden. Ja, ich bin wohl sogar glücklich. Aber du, auf dem Weg, den du einschlägst, kannst du niemals glücklich sein. Du weißt zu viel darüber, was Sünde ist. Du kannst nicht in der Welt leben, ohne dich schuldig zu fühlen. Ist es nicht so? Ist es nicht so?"

„Nein", sagte Elsa trotzig, „nein, es ist nicht so."

Wer bist du mir? Sie sah Markus scheu von der Seite an. Was bist du mir, was bin ich dir? Katharinas Fragen hatten sie daran erinnert, dass das hier ihr Leben war und kein Spiel. Sie konnte es genießen, frei zu sein und ein bisschen verliebt, aber sie konnte nicht damit rechnen, dass sie genauso leicht den Schlußstrich ziehen konnte. Wann war es genug? Wo begann die Sünde, deren Grenze in ihrem Bewusstsein immer weiterrückte? Aber sie wusste, dass Sünde auch dann Sünde sein konnte, wenn man sie nicht als solche empfand. Deshalb war es ja auch so wichtig, Gottes Gebote zu kennen und sich darauf zu verlassen, dass dies die Dinge waren, die Gott gefielen oder nicht gefielen. Und eine Ehe mit einem Ungläubigen kam für eine Gläubige nicht in Frage. Das konnte sie akzeptieren. Eine Freundschaft jedoch? War auch das schon verwerflich?

Sie sah ihn an. Sie streichelte über sein raues Kinn. Was bist du mir. Eine andere Welt? Ein anderes Leben?

„Woran denkst du?", fragte Markus lächelnd. Er lächelte oft und hatte keine Gewissensbisse dabei. Er war kein Christ, nicht in dem Sinne, dass er genug Anhänger Christi war, um sich nach ihm zu nennen. Freude im Herrn – es schien lustiger zu sein, sich ohne den Herrn zu freuen. Seine Hände strichen sanft über ihr weiches Haar.

„An uns", antwortete sie.

„Hast du uns schon als Oma und Opa gesehen, wie wir vor dem Kamin unseren Erinnerungen nachhängen?"

„Und uns an diese Stunde erinnern?"

Sie saßen in seinem Zimmer auf dem alten Sofa und hielten sich umfasst. Radiomusik brachte ihre Gefühle füreinander zum Schwingen, und sie schwangen mit. Ihre Lippen fanden sich, ihre Münder, ihre Zungen. Was bist du mir. Was, wenn nicht das Fremde, das ich mir zu eigen machen will. Was bin ich dir, was, wenn nicht das andere, von dem du kosten willst. Exotin, wie du mir Exot bist, weil du zu den Normalbürgern gehörst, den Welt-Bürgern, den Ungläubigen.

Sie umarmte ihn, Markus, nicht nur weil er anders war als sie, sondern weil er ein Mensch war, der ihr gefiel, der ihr zusagte, oh so sehr zusagte. Verliebt war sie sicher, in ihn, nicht in das fremde Prinzip. Und so sehr sie dieses Fremde auch anzog, so sehr sie es auch haben wollte, ihn wollte sie nicht haben, noch nicht. Sie streifte seine Hände ab und setzte sich auf.

„Was ist denn?", flüsterte er, das Gesicht in ihren Brüsten.

„Nein, nein", sagte sie, „ich kann nicht, das geht zu schnell."

„Nur Kuscheln", meinte er, „weiter brauchen wir ja nicht zu gehen."

„Es ist besser, wenn ich gehe." Aber sie blieb sitzen, an ihn gelehnt, und horchte auf die Musik und fühlte sich gleichzeitig schwach und stark. Sie brauchte nicht zu fliehen, denn sie wusste, was sie nicht wollte.

Sie ließ sich einen Pony schneiden und die Haare noch ein gutes Stück kürzen. Ihre Eltern waren traurig. Aber ihre jüngere Schwester Anna, die Nächste in der Reihe, begann sich auf einmal für sie zu interessieren. Sie offenbarte Elsa, dass sie mit dem Gedanken spielte, die Gemeinde zu wechseln und in eine der anderen, jüngeren Brüdergemeinden, die sich allerdings nun ganz anders nannte, zu gehen.

„Ich wusste nicht, ob ich mit dir über so was reden kann", erklärte Anna, „du hast immer so strenggläubig ausgesehen."

„Wirklich?" Kleidung und Frisur waren ein Zeichen. Jetzt, wo sie nicht mehr den Richtlinien entsprach, war sie für ihre Schwester auf einmal vertrauenswürdig geworden.

„Die anderen", meinte Anna, „meinen es wirklich ernst mit dem Glauben, es wird da nicht so viel über Nebensächlichkeiten geredet. Gott steht im Mittelpunkt. Und ich kenne ein paar Leute von dort sehr gut."

„Woher willst du wissen, dass Nebensächlichkeiten dort auch Nebensächlichkeiten bleiben?"

„Man darf jede Frisur haben, die man will, sogar Dauerwelle, stell dir vor, das darf man!"

„Müsstest du Röcke tragen?"

„Das steht ja auch in der Bibel, das ist was anderes. Ein Rock sollte schon sein."

„Lass es sein", riet Elsa, „wenn du nur 'rübergehst, um eine Dauerwelle zu machen."

„Nein, sie sind wirklich gläubig, sie sind von Jesus begeistert, sie sind viel fröhlicher als wir hier. Und es ist doch richtig, die Gebote aufzuheben, die Tradition sind, und das bestehen zu lassen, was in der Bibel steht. Man kann doch nicht alle Regeln fallen lassen, das wäre nicht geistlich."

„Wer entscheidet, welche Regeln wichtig sind?"

„Alle zusammen, nicht nur der Bruderrat, sondern alle. Sie gehören dort alle zusammen, sie sind sich einig, wie eine Familie."

„Und wenn jemand aus der Reihe tanzt?"

„Gemeindezucht muss es natürlich geben."

Elsa nickte. Auch Anna war ein Kind dieser Kultur, befangen in diesem Denken, vielleicht auch nicht befangen, vielleicht entschieden dabei und glücklich dabei.

„Mama und Papa –"

„Ich weiß. Natürlich werden sie denken, ich falle vom Glauben ab. Und Oma wird nicht mehr mit mir sprechen. Aber soll ich mein ganzes Leben nur Rücksicht nehmen? Wenn die Jungen nur Rücksicht auf die Alten nehmen, wird sich nie etwas ändern. Ach, ändern wird sich hier sowieso nichts. Warum soll ich hier bleiben und für etwas leiden, dass nichts mit dem Glauben zu tun hat, sondern nur mit Tradition? Warum bleibst du?"

„Weil ich noch nicht weiß, wo ich hingehen könnte."

„Dann komm mit!", rief Anna. „Lass uns zusammen gehen. Zusammen stehen wir das durch!"

„Ich komm mal mit zum Gottesdienst." Zu mehr Zugeständnissen war sie nicht bereit. Aber man muss Kompromisse schließen. Vielleicht ist es manchmal besser, halbe Sachen zu machen als ganze. In einer anderen Gemeinde wäre alles noch vertraut, die Gesichter, die Art, die Sprache, alles wäre noch heimelig, und manch eine Last würde dagegen von mir abfallen, und ich würde mich nicht so von den anderen unterscheiden.

So fuhr sie am nächsten Sonntag mit ihrer Schwester in jene andere Gemeinde. Sie hatten beide Röcke an, und Elsa war froh darüber, denn keine von den Frauen und Mädchen trug eine Hose. Nicht alle älteren und wahrscheinlich verheirateten Frauen trugen Kopftücher, einige hatten schicke Hüte auf die moderne Kurzhaarfrisur gesetzt, wieder andere hatten überhaupt keine Kopfbedeckung. Dauerwellen gab es, mittellange und mittelkurze Haare, schwach getönte, die Röcke und Kleider waren von modischem Schnitt mit gewagten Schlitzen und Ausschnitten. Elsa kam sich richtig brav dagegen vor. Männer und Frauen saßen hier gemischt in den Reihen. So weit, so gut. Aber der erste Prediger konnte kaum Deutsch und umso besser Russisch, und Elsa konnte ihn kaum verstehen. Die Lieder, von kleinen Gesangsgruppen vorgetragen, kannte sie schon. Ja, die Begeisterung für Jesus und seine Sache war daraus zu spüren, ja, die Gesichter waren voller Eifer, aber nein, sagte Elsa später zu ihrer Schwester, nein, das ist nichts für mich.

„Waren sie dir zu modern? Tut mir Leid, ich dachte, du wärst schon so weit."

„Nein", widersprach Elsa, „nicht zu modern. Es ist nur, wie ich dachte – es ist dasselbe."

„Wie kann es dasselbe sein? Du hast doch gesehen, sie sind viel freier."

„Nein", widersprach sie wieder, „das sind sie nicht. Sie legen viel zu viel Wert auf Äußerlichkeiten. Sie machen jetzt all das, was sie vorher nicht durften. Aber was glauben sie? Glauben sie wirklich, dass wir frei sind, noch viel mehr zu tun oder zu lassen? Darf ich ins Kino gehen und tanzen und Wein trinken und harte Musik hören?"

„Ich glaube nicht, dass das christlich wäre", meinte Anna.

„Aber ich glaube das", sagte Elsa. „Verstehst du jetzt? Ich bin dort genauso fehl am Platz wie hier."

Ich glaube das. Sie sagte es, als sei dies einer von den Sätzen, die dadurch wahr wurden, dass man sie aussprach, so wie auch „Ich grüße dich" oder „Ich verurteile Sie zu …" Ich glaube das; sie tat es, indem sie es sagte.

Und Anna war schockiert. „Du kannst doch nicht deinen ganzen Glauben wegschmeißen, deine Seligkeit, Elsa!"

„Dasselbe werden Mama und Papa zu dir sagen, und in deinem Herzen weißt du, dass sie sich irren, dass es keinen so großen Unterschied macht, in welcher Gemeinde du bist, wenn du nur an Jesus festhältst."

„Aber du –"

„Nicht", bat Elsa, „reg dich nicht auf. Bete nicht für mich. Ich bin nur konsequenter als du." Die Wahl war nicht Gemeinde oder Welt, Glaube oder Nichtglaube, Jesus oder Teufel. Die Wahl, vor der sie stand, war ein Glaube in Freiheit oder ein Glaube in Fesseln.

Sie besuchte mit Markus einen Tanzkurs. Zu Hause erzählte sie nichts davon, obwohl alle mittlerweile wussten, dass sie einen Hiesigen zum Freund hatte, einen Ungläubigen, oh wie traurig waren sie alle und beteten sehr für sie. Elsa wollte ihren Schmerz nicht noch vergrößern, sie wollte sie möglichst schonen und hielt deshalb immer noch so etwas wie ein Doppelleben aufrecht. Aber da es sie danach drängte, davon zu sprechen, sprach sie davon, ohne zuzugeben, dass sie es bereits tat: das Tanzen.

„Warum ist Tanzen Sünde?"

„Es schickt sich nicht."

„Was meinst du damit: ‚Es schickt sich nicht'?"

Ihre Mutter legte den Kopf ein bisschen schief und dachte nach. Normalerweise brauchte sie keine Argumente gegen etwas, das wie selbstverständlich verboten war, doch sie hatte seit langem einsehen müssen, dass das bei Elsa nicht mehr ausreichte. Dem Seelenheil ihrer Tochter zuliebe bemühte sie sich um eine Antwort.

„Die Disco ist kein Ort für ein christliches Mädchen. Diese Teufelsmusik, und da wird geraucht und vielleicht nehmen manche sogar Drogen. Und diese lockeren Sitten heute, du weißt, was ich meine, und es schickt sich nicht."

Das Wort „Sex" hatte Elsas Mutter noch nie über die Lippen gebracht.

„Aber ich meine nicht in der Disco. Ich meine richtige Tänze, Walzer und so weiter, was ist daran schlecht?"

„Tanzen ist Sünde", beharrte die Mutter und sah unglücklich aus, weil sie es nicht begründen konnte.

„Warum? Weil ein Mann und eine Frau sich berühren?"

„Ja." Es klang richtig dankbar.

„Aber wenn sie sich kennen? Was ist, wenn sie verheiratet sind?"

„Das ist nicht ganz so schlimm. Aber es weckt die Fleischeslust, und man soll den Kopf freihalten für geistliche Dinge." Sie sah Elsa erwartungsvoll an. Reichte das?

Es reichte. Tanzen war Sünde, weil es sinnlich war, weil es, selbst wenn man ganz allein und für sich tanzen sollte, den Körper in den Vordergrund stellte. Ein warmer, gut durchbluteter und schwitzender Körper, Verlockung und Gefahr des Fleisches.

„Du tanzt doch nicht mit Markus?", fragte sie plötzlich ängstlich.

„Doch." Lügen wollte Elsa nicht. „Aber es ist gar nicht so gefährlich. Es ist nicht so – tanzen und gleich ins Bett. Mach dir keine Sorgen."

„Es ist nicht gut, wenn zwei, die nicht verheiratet sind, sich so nah sind." Sie seufzte. „Es ist nicht gut, Elsa, diese Freundschaft, es ist nicht in Gottes Sinne. Und wenn die Gemeinde davon erfährt, werden sie dich ausschließen. Kannst du dich nicht von ihm trennen, ehe es zu spät ist?"

Aber sie konnte sich nicht trennen, sie konnte sich nicht losmachen, sie tanzte mit ihm, eng, so eng wie möglich, und ja, ja, das Fleisch erwachte. Was auch immer da erwacht war, es ließ nicht locker, es hörte nicht auf. Sie umarmten sich. Sie küssten sich. Was sie mit Markus tat, wäre mit einem gläubigen Mann aus der Gemeinde nicht möglich gewesen, wie unschicklich war es, sich zu berühren, wie verboten, wie wunderbar. Fleisch zu sein war eine Lust, es war herrlich, Körper zu sein und zu tanzen und sich zu bewegen und mit dem Körper des anderen zu spielen. Aber sie hatten keinen Sex.

„Gibt es bei uns nicht vor der Ehe", hatte sie gesagt. Bei uns, das war die Gemeinde, der sie immer noch angehörte, das war ihre exklusive Kultur, bei uns, das war der Hintergrund, von dem sie sich abhob, anhand dessen sie sich in ihrer Andersartigkeit definierte. Uns, das waren nicht sie und Markus. Es gab kein Wir, keine Einheit, so sehr sie sich auch bemühten, eine Illusion von Einheit aufzubauen.

„Ich weiß nicht, wer du bist", sagte sie zu ihm.

„Dein Markus", antwortete er, als sei das Anwort genug.

„Wer ist Markus?", fragte sie zurück. „Was glaubst du eigentlich?"

„Bin ich das, was ich glaube?" Und als sie nickte, zählte er auf: „Ich glaube an die Liebe. Ich glaube an mich und an dich. Und ich glaube an vegetarisches Essen."

Er konnte nicht ernst bleiben. Vielleicht war es das, was er war: Jemand, der lachte, ohne zu glauben.

„Mehr nicht?" Sie wollte ihn zurück in die Ernsthaftigkeit zwingen. „Hast du keine Prinzipien?"

„Doch, ein paar. Bleib dir selbst treu. Mädchen schlägt man nicht. Und vor dem Essen die Hände waschen."

Waschen, ja, sich waschen, sich rein waschen. Er hatte kein Bedürfnis danach, sich von seinen Sünden rein zu waschen im Blut des Lammes. Wasser und Seife genügten, und es brauchte kein Wasser des Lebens zu sein.

Sie fand seine Oberflächlichkeit, seine Sorglosigkeit unausstehlich. Und trotzdem konnte sie seinem Charme nicht widerstehen. Dass er keiner Seelenrettung zu bedürfen behauptete, machte sie traurig, denn sie wünschte sich natürlich nicht, dass er verloren ginge, aber er war an allem interessiert, was sie über ihren Glauben erzählte. Genauso las er die Philosophen – um neue Gedanken kennen zu lernen, um sie zu hinterfragen oder die Durchdachtheit ihrer Werke zu loben, aber ohne daraus irgendwelche Konsequenzen zu ziehen. Er hing keiner Richtung an. Auch die östlichen Religionen, für die er sich, wie er ihr erzählte, einmal sehr begeistert hatte, hatten ihn nicht länger als ein halbes Jahr fesseln können. Er war schnell fasziniert, und wenn er sich angeschaut hatte, wie ein solches Gedankengebäude aufgebaut war, war es zu Ende. Abgehakt, das Nächste bitte, der nächste Glaube, den er untersuchte, ohne ihn zu teilen.

„Werde ich dir nicht langweilig werden", fragte sie, „wenn du genug von den Brüdergemeinden gehört hast?"

Auf diese Frage reagierte er beleidigt.

„Du hast überhaupt kein Bewusstsein davon, was Sünde ist", sagte sie ein anderes Mal.

„Sünde? Bin ich zu dick, oder was?"

So ist die Welt. Unbelehrbar. Unbekehrbar. Verführerisch charmant, und sie lacht, wie Markus lacht, und Markus, an dessen Arm sie durch die Straßen geht, ist die ganze Welt. Was kann man da tun als mitzulachen? Aber Elsa lacht nicht. Sie sieht ihm in die dunklen Augen und ist verrückt vor Liebe und weiß nicht, was sie tun soll. Sie will ihn nicht aufgeben, den anderen, den Fremden, den Weltmenschen, nie, nie, sie will ihn haben, jetzt und für immer. Aber dahinter taucht langsam die Frage auf aus dem Nachttal des Gewissens: Wohin mit dieser Liebe, wie soll das enden, was willst du denn? Du musst dich entscheiden.

Noch nicht, bat sie, noch nicht. Noch eine Weile, nur noch ein bisschen …

Sie fuhr nicht mehr jedes Wochenende nach Hause. Zu stressig, erklärte sie ihren Eltern, ich muss lernen, es ist mir alles zu viel.

Am Sonntag lernen?, kam es entsetzt zurück. Du arbeitest doch nicht am Tag des Herrn, der uns zur Ruhe gegeben ist? Der Sonntag ist da, um die Versammlungen zu besuchen und Gottes Wort zu hören.

Keine Sorge, ich lerne nicht, aber den Samstag brauche ich zum Lernen, zu Hause habe ich nicht die Ruhe, ich brauch den Samstag dafür.

Und was machst du am Sonntag? Mit deinem Freund spazieren? Das ist nicht gut, oh nein.

Elsa kam also unregelmäßig nach Hause. Und so wusste niemand davon, dass sie mit Markus übers Wochenende wegfuhr.

Sie fuhren nach Berlin, wo sie sich eine Sehenswürdigkeit nach der anderen ansahen: das Pergamon-Museum, den Tiergarten, den Botanischen Garten, den Kurfürstendamm. Es war schön, zu zweit zu sein und in einer anderen Stadt, dort im Gewühl zusammenzugehören. Sie genossen es. Abends wanderten sie durch das Meer aus bunten Lichtern, Hand in Hand, aber sie gingen in keine Kneipe oder

Disco, „weil man das bei uns nicht tut." Sie sagte nicht: Ich halte das für Sünde. Sie wusste einfach nicht, was sie davon halten sollte, und es war ihr lieber, es zu lassen. Ich bin noch nicht so weit.

Später lagen sie in dem großen Bett des Hotelzimmers und schliefen nebeneinander ein, ohne miteinander zu schlafen. Sie waren so müde, dass es ihnen nicht einmal schwer fiel, aufeinander zu verzichten.

Am Morgen wachten sie dann ausgeruht auf und fühlten sich zärtlich, aber sie hatten noch so viel vor, dass sie diesem Gefühl keinen Raum ließen. Anziehen und frühstücken und hinaus in die Stadt, ins Leben, hinaus in die Wirklichkeit. Wie war es möglich, glücklich zu sein und trotzdem immer die Frage im Hinterkopf: Was bist du mir, wo soll es enden. Denn ihr war durchaus klar, dass es nicht ewig so weitergehen konnte, dass sie sich entweder trennen oder zu intimeren Freunden werden mussten und dass eine solche Freundschaft wiederum entweder in eine Trennung oder eine Ehe münden musste. Ihn also irgendwann einmal heiraten, den fröhlichen Ungläubigen, der sicherlich noch lange nicht an Heirat dachte? Oder sich trennen, entweder jetzt, wo sie noch nicht gesündigt hatten, oder später, irgendwann, nachdem sie es getan hatten?

Jetzt, sagte die Vernunft. Es hätte nie zu dieser Freundschaft kommen dürfen. Freundschaft?, schrie ihr Herz. Ist das noch Freundschaft? Liebe ist's, und es darf nicht aufhören und kann nicht aufhören, nie, nie, und auf keinen Fall jetzt.

„Bist du traurig?", fragte er sie, denn sie hatte schon einige Zeit geschwiegen.

„Ja", antwortete sie, „ja, ich bin traurig." Sie drückte seine Hand fester. Nicht jetzt, oh Gott, nicht jetzt.

Auf der Rückfahrt standen sie lange im Stau, und Elsa beobachtete die anderen Leute in den anderen Fahrzeugen. Geschäftsmänner, der da und der da, und dort eine Familie. Die Mutter verteilte Brote an die beiden Kinder.

„Schau mal."

„Oh", meinte Markus, „Spießer."

So war er. Mensch der Freiheit, der Ungebundenheit. Und Elsa, die nicht so weit in die Welt hinausgehen wollte, die an ihrem Glauben festhielt, war traurig. Zu ihrem Glauben gehörte unabänderlich, dass er Konsequenzen für das Leben haben müsse. Wenn man an Gott glaubte, versuchte man, mit Gott zu leben, ihm nahe zu sein; wenn er einem gleichgültig war, konnte es mit dem Glauben nicht weit her sein, war es ein bloßes Gedankenspiel. Und wenn man liebte, hatte es eine Liebe mit Haut und Haaren zu sein, eine Liebe, die sich nicht scheute vor Bindung und Verantwortung, bis dass der Tod uns scheidet, ich bin dein und du bist mein. Liebe bedeutete nicht, zweimal in der Woche auszugehen, sondern das ganze Leben miteinander zu teilen. Konsequent. Auch den Glauben musste man miteinander teilen können, sonst würde er irgendwo im Alltag verloren gehen. Irgendwann würde es heißen: Du nervst mich mit deinem Beten. Lass uns gemeinsam frühstücken, anstatt in die Kirche zu gehen.

Eine Ehe, in der jeder nach verschiedenen Prinzipien lebte, konnte nicht gut gehen. Eine Freundschaft erst recht nicht.

Es muss beendet werden, bald, bald …

Jemand hatte sie gesehen. Es schien unvorstellbar, wer bloß, aber Tatsache war, jemand hatte sie beide zusammen in Berlin gesehen und hatte Elsa erkannt trotz offener Haare und Hosen, und nun wusste es die ganze Gemeinde, und man würde sie ausschließen.

Die Brüder kamen zu ihr. Wie hast du uns enttäuscht, Schwester, wie hast du den Herrn Jesus enttäuscht. Und sie sagten zu ihr, sie sollte in der nächsten Gemeindestunde vor die ganze Gemeinde treten und ihren Fehltritt bekennen. Ausschließen müssten sie sie natürlich auf jeden Fall, so etwas kann in der Gemeinde des Herrn nicht geduldet werden. Hurerei, das ist es. Nicht zu dulden, nein, auf keinen Fall.

Vergebens bemühte sich Elsa, ihnen klarzumachen: Nein, es ist doch gar nichts passiert. Wozu extra dafür wegfahren? Das kann man auch zu Hause machen, wenn man will.

Nein, so ein Verhalten, nein, nein, in der nächsten Gemeindestunde.

„Ich werde nicht kommen", sagte Elsa, „ich werde mich nicht vorne hinstellen und vor allen meine Sünden bereuen. Rechnet nicht mit mir."

Sie wusste, dass die Gerüchte, der Rufmord, dass das alles schon im Gange war und keine Richtigstellung etwas ändern würde. Sie wusste das, sie kannte das alles, genug andere hatten das vor ihr durchgemacht. Um das zu verhindern, hätte sie schon lange gehen müssen, schon längst, warum, klagte sie sich an, warum zögere ich immer so lange, mit allem, warum will ich immer alles festhalten, das Alte, das Vertraute, die Sicherheit.

Für ihre Eltern brach natürlich eine Welt zusammen. Wie viel wurde da geredet und geredet, und sie hielt es nicht aus, sie stieg ins Auto und fuhr und fuhr und wollte nicht anhalten. Gott, rief sie, wo bist du, was ist hier geschehen, wie kann ich entkommen, wie nur.

12. Allein

Sie fuhr nicht zu Markus, sondern zu ihrem eigenen kleinen Zimmer. Dort warf sie sich aufs Bett und wartete, wartete auf irgendetwas, auf Tränen, auf Frieden, auf ein Ende von allem, von irgendetwas. Sie schloss die Augen und horchte. So war es also, wenn man herausgebrochen wurde aus der Mauer, herausgerissen aus allem, so war es also. Und sie wusste, was alles folgen würde, wie man sie nicht mehr grüßen würde und wie die ganze Stadt über sie Bescheid wissen würde, und alle, alle würden auf sie herabsehen.

Wir haben sie ja gewarnt, damals schon, warum musste sie unbedingt aufs Gymnasium gehen, wir haben es ja gewusst, und nun ist sie verloren. In Sünde gefallen und verloren. Bin ich das, Gott?, fragte sie. Hast du mich auch verstoßen? Was habe ich eigentlich getan? Sie musste es noch enger fassen: Was habe ich eigentlich geglaubt?

An dich, Gott. Dass du wichtig bist, dass ich mit dir leben will. Das habe ich nie vergessen. Und dass ich ein sündiger Mensch bin, auch das glaube ich, aber nicht, weil ich mich äußerlich verändert habe, nicht weil ich im Kino war oder ein paar Schlucke Wein getrunken habe. Zeichen der Veränderung waren das schon, aber es war keine Sünde, sich zu verändern, ich kann es nicht als Sünde sehen.

Aber die Freundschaft mit Markus war ein Fehler. Wohin hat das geführt, ich kann nicht klar denken, ich war nicht wachsam, und alles ist kaputt.

Am nächsten Tag sagte sie es ihm. „Es war ein Fehler. Wir haben keine Zukunft."

Sein Lächeln fiel von ihm ab. Warum, warum.

Sie erzählte ihm, dass man sie gesehen hatte und dass sie nun rausgeworfen wurde.

„Freu dich doch, dass du die los bist. Jetzt kannst du zu mir stehen."

Nein.

Warum nein, warum, Elsa, du gehörst jetzt zu mir, nicht zu ihnen, Elsa –

Nein, sagte sie, es war falsch, von vornherein. Du bist nicht gläubig.

Aber ich bin ein Mensch, genügt das denn nicht, rief er, genügt das nicht, ein Mensch, der dich liebt.

Nein. Sie war herausgerissen worden, in diesem großen Schmerz kam es auf diesen kleinen Schmerz (sie wollte, dass er schnell vorbeiging, sie wollte das) nun auch nicht mehr an. Sie würde nicht merken, was ihr wehtat, das Herz oder die Seele. Und er würde bald eine neue Freundin finden, so war das bei den Hiesigen, sie war nicht die erste Freundin und würde nicht die letzte sein, aber wenigstens war sie die Einzige, mit der er keinen Sex gehabt hatte.

Auch er dachte wohl daran. „Es ist doch mehr als das", meinte er. „Ist es wegen dieser Kein-Sex-vor-der-Ehe-Geschichte? Dabei bist du doch jetzt frei, alles zu tun, was du willst!"

„Nein", widersprach sie, „nein, bin ich nicht. Das hat nichts mit der Gemeinde zu tun."

Es gab kein „bei uns" mehr. Was sie nicht tun wollte, kam von ihr. Sie bestimmte die Grenzen. Äußerlichkeiten waren Nebensache. Aber die Liebe war weder das eine noch das andere. Liebe ohne den Segen Gottes, ohne eine gemeinsame Grundlage, ohne das ewige, unverbrüchliche Ja, nein, das nicht, da endete die Freiheit, da begann die Verantwortung.

Und das Schlimme war, dass er es nicht verstand. Für ihn war unterschiedlicher Glaube kein Grund für eine Trennung. Siehst du, sagte sie, siehst du, so wenig wichtig ist es dir. Du wirst mich nie verstehen, es ist leider so.

Sie brauchte Verstehen, so sehr, wie sie Trost brauchte.

Sie glaubte. Sie ging durch die überfüllten Straßen und glaubte und hörte nicht auf zu glauben und glaubte wie noch nie in ihrem Leben.

Hier am Ende, hier am Abgrund, bist du da, Gott.

Sie war allein. Das Gemeinschaftsgefühl, das sie selbst während ihrer Rebellion verspürt hatte, war fort, und sie stand allein. Zu Hause hatte sie sich schon länger nicht mehr sehen lassen, müde von der emotionsgeladenen Atmosphäre. Echte Freunde hatte sie an der Uni keine, und so wanderte sie allein durch die Straßen. Ohne anders zu sein. Sie unterschied sich nicht von der Menge, sie war nichts Besonderes mehr, eine unter vielen, ein Mensch in der großen, weiten Welt. Jetzt, wo sie so sehr allein war, hielt sie sich an Gott fest wie nie zuvor, sie lehnte sich an ihn, wie man sich an eine Mauer lehnt.

Sie versuchte zu lernen, aber sie konnte sich schlecht konzentrieren.

Sie suchte Gemeinschaft mit anderen, versuchte Freunde zu sammeln gegen die Einsamkeit. Sie besuchte jeden Sonntag eine andere Kirche, um Christen zu finden, bei denen sie sich wohl fühlte. Und es waren Menschen da, die ihr zulächelten und mit ihr sprachen, aber sie konnten die Sehnsucht, die in Elsa flammte, nicht stillen. Sie waren Fremde, Hiesige, bei ihnen war alles anders. Fremd waren sie, auch die Christen, besonders die Gläubigen, merkwürdig fremd.

Sie wurde von einer guten Bekannten nach Hause zum Mittagessen eingeladen und war in einer hiesigen Familie zu Gast. Die Mutter hatte kurze, dauergewellte Haare, der Vater wirkte intellektuell und vornehm. Sie waren freundlich, aber nicht warm, offen, aber auf eine andere Art, als sie es kannte. Über ihr Studium fragten sie sie aus und hörten aufmerksam zu, und Elsa hatte das Gefühl, dass sie sie als ihresgleichen akzeptierten, als einen Menschen aus ihren Kreisen. Aber das bin ich nicht, dachte sie, und obwohl sie erleichtert war, dass man sie nicht mehr sofort als Russlanddeutsche und Gläubige einstufte, blieb in ihr das Bewusstsein haften, dass sie eben dieses war: russlanddeutsch und gläubig. Am Tisch fielen ihr die Unterschiede auf, die sie sonst nicht wahrgenommen hatte: die weiße Stofftischdecke statt des alten Wachstuches, das teure Geschirr, wo jedes Teil vom selben Service stammte, und das Besteck, wo Messer, Gabeln und Löffel genau zusammenpassten. Edle Weingläser. Servietten. Und auch das Essen war anders, feiner, eine Scheibe Fleisch und Kartoffelpüree und Rotkohl, nicht Plow oder Pelmeni oder Wareniki, und obwohl es ihr schmeckte, schmeckte es doch nicht so wie zu Hause. Der hübsch gedeckte Tisch, die Schüsseln, alles genau abgemessen, nicht die überschwängliche Fülle, an die sie gewöhnt war. Nicht alles auf dem Tisch, was im Kühlschrank war, saure Gurken und Salat und Kompott und Kartoffeln und Soße, nicht alles, was man hatte, dem Gast vorsetzen. Verschwendung, hätten die Hiesigen gesagt, Völlerei, übertrieben. Geiz, sagten die Russlanddeutschen und waren beleidigt, mangelnde Gastfreundschaft, Knauserigkeit. Ihre Oma war einmal zu einer Feier von Hiesigen eingeladen worden, bei der es ein Büfett gab, und sie war hungrig und verärgert nach Hause gekommen. Niemand hatte ihr etwas zu essen gebracht, niemand hatte sich um ihr Wohlergehen gekümmert, das Alter muss man ehren, sie war nicht extra aufgestanden, um sich selbst etwas zu holen, das Alter muss man ehren. Sie war alt, und doch brachte ihr niemand etwas auf den Tisch. Außerdem, so hatte sie geklagt, war von allem so wenig da, wer sollte da satt werden, und dass die Schüsseln nachgefüllt wurden, sobald sie leer waren, das zählte nicht, denn man konnte die Schüsseln doch nicht leeren, wenn so wenig da war.

Die Hiesigen sind kultiviert, dachte Elsa, das sind sie, und ich kann mich anpassen. Sie haben nicht unter orientalischen Völkern gelebt, nicht in einer Welt, in der man alles hergibt, wenn Gäste kommen, in der man verwöhnt und schenkt und nötigt und beleidigt ist, wenn jemand nicht zulangt. Ich kann mich auch anpassen, dachte sie. Aber ich bin nicht so. Ich esse Reis mit der Gabel, ohne mit dem Messer nachzuhelfen, und Wassermelone esse ich mit der Hand, so dass mir der Saft vom Kinn tropft. Aber sie bemühte sich, der Atmosphäre, die sie steif fand, etwas abzugewinnen. Sie versuchte, es nicht tragisch zu nehmen, dass vor dem Essen nicht gebetet wurde. Vor ein paar Monaten noch hätte sie die Augen geschlossen und die Hände gefaltet und still für sich gebetet, aber jetzt konnte sie auf die Zurschaustellung ihres Glaubens verzichten, ohne sich feige zu fühlen und an Gewissensqualen zu leiden. Jetzt konnte sie das, so sein wie alle.

Sie war froh, als das Essen vorbei war. „Ist das immer so bei euch?", fragte sie ihre Freundin.

„Was?", fragte diese, und daraus schloss Elsa, dass es immer so zuging bei ihnen, dass das, was sie als steif und förmlich empfand, das Leben dieser Menschen war und ausmachte, dass sie nichts anderes kannten. Vielleicht hatte es daran gelegen, dass sie nur zu viert am Tisch gesessen hatten, dass da nicht noch mehr Geschwister waren oder eine Oma oder ein Opa, jemand, der zur Familie gehörte. Wie konnte man zu dritt eine Familie sein? Sie nahm sich vor, nicht von einer hiesigen Familie auf alle zu schließen, aber insgeheim tat sie es doch. Insgeheim. Es war nichts Besonderes daran, dies oder das insgeheim zu tun oder zu denken; ihr Inneres, ihr geheimes Selbst, in das sie niemanden schauen ließ, war das Einzige, was sie noch hatte. Ihr Inneres, in dem ihr Glaube wohnte, den man ihr nicht ansehen konnte. Er strahlte auch nicht aus ihren Augen und aus ihrem Lächeln, was, wie sie gelernt hatte, zu den Kennzeichen des echten Christen gehört, man sah sie nicht an und fragte gleich: Woran glaubst du, ich will auch daran glauben. Auch früher war ihr das nie passiert. Und jetzt strahlte sie nicht, weil sie traurig war. Wo sie auch hinkam, fühlte sie sich als Fremde.

Es war eine andere Kultur um sie, nicht ihre. Es waren Menschen um sie, die von anderem Schlag waren. Was sie angestrebt hatte, so zu sein wie sie, es war ein Ding der Unmöglichkeit. Was sie vermisste, war nicht eigentlich die Gemeinde, zu der sie so lange gehört hatte, sondern die Art von Menschen, mit denen sie in der Gemeinde zusammen gelebt hatte. Gastfreundschaft und Hilfsbereitschaft, das Wir, das sich im Miteinandersein zeigte und in der gemeinsamen Sprache, im Plattdeutschen, das Elsa nun mit keinem sprechen konnte, das Wir, zu dem sie gehörte, obwohl sie nicht in Russland geboren war, denn es hatte nichts damit zu tun, wo sie geboren war. Sie waren ein Volk, ein eigenes kleines Volk mit ihrer Sprache und ihren Gerichten und ihren Gewohnheiten, und sie fühlte sich entwurzelt und fremd zwischen den anderen, zu denen sie immer hatte gehören wollen.

13. Jakob

Und dann traf sie Jakob. Sie begegnete ihm in einer jener anderen Gemeinden, in denen sie auf ein geistliches Zuhause hoffte, und erkannte ihn nicht. Das heißt, sie erkannte ihn nicht als einen Russlanddeutschen, als einen von ihrer Art, denn er sah ganz normal aus. Er hatte mittelblondes, längeres Haar und einen kleinen Schnurrbart, was ihn ein bisschen machohaft aussehen ließ. Aber seine blauen Augen waren freundlich, und als er sprach, wusste sie nicht, ob sie mehr über die fröhliche Herzlichkeit in seiner Stimme oder über seinen durchschimmernden Akzent verwundert sein sollte. Verwundert war sie auf jeden Fall, sie konnte selbst nicht sagen, warum. Vorsicht, sagte sie sich, obwohl keine Gefahr in Sichtweite war.

„Hallo", sagte er zu ihr, „hallo, ich bin Jakob." Bei diesem Namen war natürlich klar, woher er kam. Wer Jakob hieß oder Heinrich oder Johann oder Wilhelm, war aus Russland und ein Mennonit. Obwohl dies hier keine Mennoniten-Brüdergemeinde war, musste er zumindest der Herkunft nach aus diesen Kreisen stammen.

Er fragte sie nicht aus, aber irgendwie entlockte er ihr ihren Namen und die Tatsache, dass sie jetzt keiner Gemeinde mehr angehörte, aber bis vor kurzem schon, und dass da etwas war, worüber sie nicht reden wollte, und dass sie studierte und dass sie Single war. Nachdem er diese Informationen mit seiner freundlichen Stimme aus ihr herausbekommen hatte, schien er sich ein wenig zu entspannen, und sein Lächeln wurde breiter. Sie war versucht, ihm zu sagen, dass sie keine Männer mit langen Haaren mochte und erst recht keine solchen, die das R so stark rollten, und dass sie gerade mit ihrem Freund Schluss gemacht hatte und nach der Freundschaft mit einem gläubigen Russlanddeutschen und einem ungläubigen Hiesigen nun die Kombination „gläubig und hiesig" an der Reihe war und dass er gar nicht so siegessicher strahlen sollte. Aber natürlich sagte sie das alles nicht. Natürlich unterhielt sie sich mit ihm, als wäre er nicht ein Mann mit viel Wärme in der Stimme und sie nicht eine Frau, die traurig war. Natürlich tat sie, als sei es für sie selbstverständlich, sich nach dem Sonntagmorgengottesdienst in einer fremden Gemeinde mit einem fremden Mann zu unterhalten, der nicht aufhörte, zu fragen und zu erzählen. Schüchtern war er nicht. Die Frage „Du kommst doch bestimmt wieder?" überraschte sie daher nicht, aber ihre eigene Antwort, die in nichts als einem vielsagenden Lächeln bestand, überraschte sie schon.

Zum Mittagessen fuhr sie zu ihren Eltern. Es war Muttertag, und so gerne sie noch länger in völliger Zurückgezogenheit ihre Wunden geleckt hätte, am Muttertag musste sie zu Hause erscheinen. Dieser Tag war wichtig; auch in den Brüdergemeinden, die die Schwestern das ganze Jahr über in den Hintergrund zu drängen verstanden, wurde er gefeiert. Mütterlichkeit als der Kern und das Wesen des Frauseins, als der Sinn weiblicher Existenz, feierte an diesem Tag ihren Triumph. Vielleicht zum Ausgleich für den väterlichen Gott und die männliche Vorherrschaft wurde die Mutter zur wichtigsten Person in der Familie erklärt. Wenn der Vater stirbt, geht der Mond unter, wenn die Mutter stirbt, geht die Sonne unter. Und die Gottesdienste wurden mit

142

VA'01

143

weinerlichen Gedichten und rührenden Anspielen angereichert, in denen Mütterlein durch die Sorge um ihre kleinen Kinderchen an den Rand des Grabes gerieten oder, von ungeratenen Söhnen wirklich ins Grab gebracht, wiederum von ihnen beweint wurden. Dieses Jahr war Elsa das zwar erspart geblieben, doch den Besuch bei ihrer Mutter durfte sie sich nicht schenken. Sie kam also nach Hause und brachte ein Geschenk mit und ließ die unvermeidlichen Tränen über sich ergehen. Sie hatte sich einen Rock angezogen, quasi als Geschenk, und sich schnell im Auto noch die Haare geflochten. Als Erstes erzählte sie, dass es aus sei mit ihrer Beziehung zu Markus, auch das als Geschenk. Elsa war froh, ihre Eltern glücklich und erleichtert zu sehen. Sie teilten ihr mit, dass sie nicht von allen verurteilt worden war (obwohl in der Abstimmung, ob sie auszuschließen sei, natürlich einstimmig gegen sie entschieden worden war), dass Katharina zum Beispiel nach ihr gefragt habe. Elsa nickte dazu. Das freut mich, sagte sie und meinte es erstaunlicherweise nicht ironisch. Ja, sie war erstaunt über sich selbst, wie die furchtbaren Gefühle den anderen Gläubigen gegenüber abgeklungen waren und alles, was sie gequält und verfolgt hatte, von einem anderen Gedanken abgelöst wurde. Jakob. Was hält er nur von mir, überlegte sie. Vielleicht hat er auf mich reagiert, weil ich einen Rock anhatte, weil ich trotz allem den Vorstellungen eines gemäßigten Russlanddeutschen von einer ordentlichen Frau entspreche. Langhaarig, züchtig, anständig, feminin. Groll stieg in ihr hoch. Das nächste Mal würde sie etwas anderes anziehen, vielleicht sollte sie auch ihr Haar abschneiden, damit es keine Missverständnisse darüber gab, wer und wie sie war.

144

Wer geheiratet hatte, wer gestorben war, sie erzählten es ihr, wie man von Familienereignissen erzählt, ohne zu berücksichtigen, dass sie draußen stand, dass sie sich vielleicht gar nicht mehr dafür interessierte. Aber sie lächelte und hörte zu und ihre Gedanken waren bei Jakob, an dem nichts stimmte. War es nicht unbiblisch, wenn ein Mann lange Haare hatte?

„Waldemar hat heute gepredigt", berichtete die Mutter. Es klang, als hätte sie die Hoffnung nicht aufgegeben, Elsa könnte einen wie ihn wählen. Bevor sie nicht irgendeinen gewählt hatte, war sie in ihren Augen keine Frau. Ein Mädchen. Ein Fräulein. Sie hätte noch so selbständig sein können, ohne einen Mann war sie nichts.

„Mir hat es nicht gefallen", fügte der Vater hinzu. „Er spricht jetzt so gelehrt, das versteht ja kaum jemand. Das kann so nicht richtig sein. Früher hat ein Prediger sich überhaupt nicht vorbereitet, er ist zur Versammlung gegangen und hat gebetet, und dann hat Gott ihm eine Predigt geschenkt. Und alle wurden gesegnet, alle haben es verstanden. Der Geist Gottes kann nicht sprechen, wenn ein Mann sich auf sein eigenes Können verlässt."

„Dann soll er sich überhaupt nicht vorbereiten? Du siehst doch, was dabei herauskommt, zum Beispiel bei den Predigten von –"

„Nein, Elsa, es ist nicht recht, so über die Prediger zu sprechen, die Gottes Wort verkünden."

Für einen Augenblick waren sie Gegner. Sie war das schwarze Schaf der Familie, das die Herde verlassen hatte, das vom menschlichen Standpunkt aus argumentierte, nicht vom göttlichen. Aber da sie auch Tochter war, ging der Augenblick vorüber, und sie wechselten das Thema.

Am Nachmittag gingen sie alle spazieren, was schon lange nicht mehr vorgekommen war.

Die Geschwister, alle schon bekehrt und alle nach den strengen Regeln der Gemeinde lebend, bemühten sich, nicht über den Glauben zu sprechen und ihr Vorhaltungen zu machen, aber Elsa sah doch, wie der Wunsch danach in ihren Augen brannte. Diese waren durch ihren lächerlichen Rauswurf nicht etwa geöffnet worden, sondern die dicke Schicht Sand in ihren Augen machte sie blind für Elsas Mut und Elsas Gedankenfreiheit. Sie sahen nur, dass sie die Gesetze brach, und hielten sie für verdammt, für wenigstens ein kleines bisschen verdammt.

„Gehst du denn gar nicht mehr zum Gottesdienst?", fragte ihr jüngster Bruder, der neun war.

„Doch", sagte sie, „natürlich geh ich."

„Aber nicht in den richtigen", bohrte er, „du gehst nicht ins Bethaus, was nützen die anderen Versammlungen von den Evangelischen?" Es fehlte noch, dass er hinzufügte: Du gehst auf ewig verloren! Ihr eigener Bruder, mit neun.

Anna trat neben sie.

„Hast du's noch nicht getan?", fragte Elsa.

„Nee …"

Wie sind sie alle engstirnig und feige, dachte sie. Dann fiel ihr ein, dass auch sie nicht von sich aus gegangen war und dass sie noch nicht aufgehört hatte zu leiden, und es wurde still in ihr.

Sie gingen durch die Straßen der Siedlung, auf denen kleine Mädchen mit Zöpfen und in langen Kleidern Inline-

Skates liefen. Um die Ecke bog ein glänzender Mercedes, in dem eine schlicht angezogene Frau mit Kopftuch saß. Zwei Welten, dachte Elsa, so leben wir, in zwei Welten, die Nicht-Welt, gepflanzt in die Welt, die ihr leugnet. Kulturen, die aufeinander prallen. Sie sah auf die Häuser, an denen man oft schon erkennen konnte, wer darin wohnte. Die Hiesigen mit ihren dezenten Natursteinklinkern und dem großzügigen Rasen und den miteinander harmonierenden Büschen, und niemand war draußen im Garten zu sehen, es sei denn, sie grillten gerade. Und dagegen ihre Leute, die Häuser meist gelb verklinkert, bunte Blumen im Vorgarten, das Gemüse am Wachsen in schnurgeraden Reihen, und Kinder, wenn nicht hinten im Garten, dann vorne auf der Garagenzufahrt, Kinder mit Dreirädern und Fahrrädern und dem Sportgerät, das gerade in Mode war.

Sie kamen an einem der vielen Bethäuser vorbei. Dieses sah typisch aus: Von der Form her wie ein großes Einfamilienhaus, viereckig, rot verklinkert, mit spitzem Dach. Bethaus, stand groß am Schaukasten, über Bildern mit Sprüchen und einer Tafel mit den Uhrzeiten der Veranstaltungen. Der große Parkplatz, etwas mit Grün verschönert, würde die Menge der Autos, die in einer Stunde zum Nachmittagsgottesdienst heranbrausen würden, kaum fassen, und die übrigen Fahrzeuge würden sich am Straßenrand verteilen müssen.

„Kommst du auch mit?", fragte der Vater, denn natürlich würden sie auch dann keine Versammlung versäumen, wenn sie Besuch hatten. Sie gingen nicht in dieses Bethaus, sondern in ein anderes, aber bei diesem Anblick erinnerten sich alle, dass die freie Zeit zwischen Vormittagsgottesdienst, der um zwölf zu Ende war, und dem Nachmittagsgottesdienst, der um fünf begann, ihrem Ende zuging.

„Nein", sagte Elsa, „ich warte auf euch. Ich kann ja Abendbrot machen."

Sie kehrten zurück, und die anderen machten sich fertig und fuhren schon um halb fünf los, obwohl sie nur fünf Autominuten brauchten, aber es war üblich, möglichst früh da zu sein und noch gemeinsam zu singen. Elsa wartete sehnsüchtig darauf, allein zu sein. So sehr sie die Gemeinschaft mit ihrer Familie auch brauchte, noch mehr gierte sie nun nach Einsamkeit, um ihren Gedanken nachzuhängen. Als die anderen weg waren, ging sie erneut spazieren. Die Straßen waren jetzt leer. Verlassen, dachte sie, die Stadt ist verlassen. Verlassen, dachte sie, auch ich müsste ihr endgültig den Rücken kehren, ich müsste gehen, um Frieden zu finden. Aber Jakob. Wieder dieser Name, wieder sein Gesicht. Gab es das, Liebe auf den ersten Blick? Sie versuchte, sich an Markus zu erinnern, und fühlte eine sanfte Zärtlichkeit, aber ihr war, als hätte sie ihn nie geliebt. Er war fremd und fremd geblieben, und es war fast so, als hätte es die Zeit mit ihm nie gegeben. Jakob dagegen –

Sie dachte gegen ihn an. E. verlassen. Warum hatte sie überhaupt hier nach einer anderen Gemeinde Ausschau gehalten, warum nicht ganz woanders (hatte sie auch, war aber bisher nicht fündig geworden, bis sie hierher zurückgekehrt war), warum hier, warum ein Russlanddeutscher, warum schon wieder das. Und dabei war es ihr egal, und sie ärgerte sich nur, dass er sie nicht nach ihrer Adresse gefragt hatte und dass sie vielleicht etwas aus seiner Stimme herausgehört hatte, was nicht drin gewesen war.

Ein Auto hielt neben ihr, sie sah auf, vielleicht wollte jemand nach dem Weg fragen, und da sah sie schon, wer es war.

„Kann ich dich irgendwohin mitnehmen?"

Jakob. Warum war er nicht in der Versammlung? Aber nein, in seiner Gemeinde gab es keine Gottesdienste am Nachmittag.

„Ich muss nirgends hin", sagte sie und wünschte sich, es wäre anders, „ich geh nur so."

„Am See wäre es schöner als hier in der Siedlung", meinte er. „Vielleicht möchtest du lieber am See nur so gehen? Ich könnte dich hinbringen."

„Ich hab nicht viel Zeit", überlegte sie laut, „ich muss noch Abendbrot machen. Vielleicht für eine halbe Stunde?"

„Bitteschön", stimmte er zu, „dann für eine halbe Stunde."

Sie stieg zu ihm ins Auto und schämte sich ein wenig ihres Muttertags-Zopfes.

„Hast du keine Mutter, die dich mit Kaffee und Kuchen bewirtet?"

„Doch", sagte er, „doch, hab ich. Aber die ist mit den andern im Gottesdienst. Brüdergemeinde, du weißt schon. Ich bin das schwarze Schaf in der Familie."

„Ach ja, kenn ich, so was."

Der Wald, maigrün, erhellte ihr Herz. Sie hielten an und stiegen aus und gingen unter die Bäume, gingen den Weg zwischen den Säulen der Buchen und den dunklen Abschnitten der Fichten. Elsas Herz klopfte schnell, und sie atmete tief ein, um sich zu beruhigen.

„Warum bist du aus deiner Gemeinde ausgetreten?", fragte er. „Oder macht es dir etwas aus, darüber zu reden?"

„Nein, nein." Was natürlich nicht stimmte, aber besser, er wusste gleich, was mit ihr los war. „Ich kam mit diesen ganzen Regeln nicht mehr zurecht. Das heißt, es wäre mir nicht schwer gefallen, mich dran zu halten, wenn ich noch davon überzeugt gewesen wäre, dass es so Gottes Wille ist."

„Das sieht man dir nicht an", bemerkte er, „dass du gegen die Regeln bist."

Das war gemein. „Oh", sagte sie, „oh, das. Das ist für meine Eltern."

Sie griff nach ihrem Zopf und löste ihn hastig auf. „Normalerweise lauf ich nicht mehr so rum."

„Und dann bist du gegangen. Ganz schön mutig. Konsequent. Tut kaum jemand, vor allem, wenn die Eltern streng sind."

„Nein", hörte sie sich widersprechen, „nein, so war es nicht. Ich wurde rausgeworfen. Weil ich einen ungläubigen Freund hatte."

„Ach", sagte er, „du warst das also." Er kannte die Geschichte! Er, den sie vorher nie gesehen hatte, hatte davon gehört! Und seine Eltern waren in einer anderen Brüdergemeinde. So viel dazu, dass nichts die Gemeindestunden verließ, kein Gerücht, keine interne Angelegenheit. Scheiße, dachte sie, obwohl ein Christ solche Wörter weder sagen noch denken sollte, das war's dann wohl. Jetzt wird er glauben, ich bin keine Jungfrau mehr, und noch ein bisschen reden, um seine Verlegenheit zu verbergen, und dann fährt er mich nach Hause, und ich sehe ihn nie wieder.

„Du hast dich von ihm getrennt, oder?"

150

„Ja", sagte sie müde.

Es schien ihm selbst peinlich zu sein, dass er so viel fragte. Sie gingen weiter, und irgendwann öffnete sich der Wald und gab den Blick auf den See frei. Sie stellten sich ans Ufer und sahen ins Wasser, sie sahen zu, wie die Enten schwammen und die Blässhühner und wie die Haubentaucher verschwanden und an einer ganz anderen Stelle wieder zum Vorschein kamen. Der Himmel und der Wald hinter ihnen waren voller Vogelgesang, und es war unmöglich, noch länger traurig zu sein und die Vergangenheit wichtig zu nehmen. Die halbe Stunde war bestimmt schon um, aber sie standen lange Zeit da vor dem See und seinen ruhelosen Bewohnern, und dann gingen sie langsam weiter und sprachen über Gegenwärtiges, über ihre Interessen, über ihre Ansichten, bis Elsa plötzlich einfiel, wie spät es war. Sie kehrten um und eilten den Weg zurück und liefen manchmal ein paar Schritte, und ihnen war froh zumute und sie lachten dabei. Als sie im Auto waren, schaltete Jakob das Radio an, laute, moderne Musik, und sie genoss die harten Rhythmen und sagte nicht: Oh, aber das ist doch nicht christlich, oder: Wie kann dir nur so was gefallen? Sie dirigierte ihn zu ihrem Elternhaus und stieg aus und sagte Tschüss in sein lächelndes Gesicht, und sie hatte keine Angst, ihn nicht wiederzusehen.

Als sie spät abends nach Hause in ihre kleine Studentenbude kam, schien ihr der ganze Tag wie ein Traum, ein Strahl Glück in der lange gepflegten Traurigkeit und deshalb kaum real genug. Die Traurigkeit war jedoch fort und das bohrende Alleinsein, stattdessen fühlte sie flammende

Erwartung, auch einen Schmerz, aber einen Schmerz anderer Art.

Und diesmal betete sie. Diesmal fragte sie Gott, ob er einverstanden war, durchaus in dem Bewusstsein, im Überschwang der Gefühle nur gute Zeichen akzeptieren zu können, und doch, sie fragte sich: Ist es wenigstens potentiell möglich, dass diese aufkeimende Freundschaft (um nicht zu sagen, diese plötzliche und rückhaltlose Verliebtheit) in einer richtigen Beziehung, sprich Ehe, mündet und nicht zwangsläufig in einer Trennung? Er ist Christ, gläubiger Christ, das war wichtig und das war gegeben. Er war nicht nur Mitglied einer Gemeinde, er glaubte mit Herz und Seele, das war in ihrem Gespräch am See offensichtlich gewesen. Er war ihr sympathisch, obwohl er eigentlich nicht ihr Typ war. Markus war ihr Typ, aber Jakob? Schon dieser Name. Ihr fiel ein, dass sie ihn gar nicht nach seinem Nachnamen gefragt hatte. Vielleicht hieß er Dyck oder Warkentin oder, was noch schlimmer wäre, Penner. Es kam nicht in Frage, jemanden zu heiraten, der Penner hieß. Epp-Penner würde es auch nicht besser machen. Und kein Russlanddeutscher würde zugunsten seiner Frau auf seinen Namen verzichten, er mochte Rindfleisch heißen oder sonstwie, dazu waren sie alle viel zu konservativ. Gut, zwei Punkte bisher: gläubig und sympathisch. Interessen? Philosophisch veranlagt war er nicht, sondern Tischler und alles in allem eher ein praktischer Mensch als ein nachdenklicher. Russlanddeutsche waren eher Praktiker als Theoretiker, sie mit ihrer Neigung zum Zweifeln war da wohl eine Ausnahme. Aber auch er hatte der Gemeinde seiner Eltern den Rücken gekehrt, wenn auch nicht so skandalös wie sie. Er war anders als sie. Er war einfach zu russlanddeutsch.

Sie wiederholte das Wort so oft, bis sie selbst nicht mehr wusste, was es bedeutete. Letztendlich waren ihre heimlichen Beschimpfungen, ihre angestachelten Verallgemeinerungen nichts als ein Schutz gegen das, was sie im Grunde wollte: ihn umarmen und nie wieder loslassen. Ob sie zueinander passten, war ihr egal, sie wollte ihn nur wiedersehen, nur dahaben. Nicht über die Zukunft nachdenken. Denn es gab da noch ein Problem, das sie verzweifelt zurückdrängen wollte, nicht wahrhaben wollte, das jedoch mit ärgerlicher Ausdauer immer wieder Aufmerksamkeit verlangte: Sie konnte nicht heiraten, niemals und niemanden. Denn was die Bibel von den Ehefrauen verlangte, nämlich untertan zu sein, das konnte sie nicht. Es ging nicht. Nur über meine Leiche. Darauf ihr Leben aufbauen, die nächsten Jahrzehnte, auf diesem Versprechen: Ich werde dich entscheiden lassen, ich werde dich die Verantwortung tragen lassen, das konnte sie nicht. Wenn sie das versprach, musste es zur Lüge werden. Nein und nein. Wie also überhaupt eine Freundschaft beginnen, egal mit wem, wenn ihr das bevorstand, wenn sie irgendwann doch nein sagen musste und es nicht konnte, weil sie schon zu tief in der Liebe drinsteckte und ja sagte und ihn heiratete, und dann irgendwann zu erwachen und sich gefangen und gedemütigt zu fühlen.

Ich muss ihm das sagen, dachte sie. Es geht nicht anders, ich darf ihn nie wiedersehen, aber ich muss ihm das wenigstens sagen.

Ihre Freude war dahin, ihre Hoffnung, ihr Glück, sie legte ihre Wange an ihr Kissen und versuchte zu weinen, aber es ließ sich nicht weinen nach diesem wunderbaren Tag. Sie hoffte trotzdem, sie wusste nicht worauf, auf eine Lösung, vielleicht auf den inneren Frieden, der ihr klarmachen würde, wie schön Ehelosigkeit war, oder der sie bereit machen würde zur Unterwürfigkeit.

Im Seminar traf sie Markus wieder, der ein paar Wochen nicht da gewesen war. Sie sah ihn und erschrak, weil sie ihn schön fand und sich ihr die Vorstellung aufdrängte, das Vergangene wieder ununterbrochen auferstehen zu lassen, ihn zu küssen und mit ihm wegzufahren. Ihn zu haben, der der heimliche Schwarm vieler Mädchen war. Stolz zu sein auf ihn, auf diesen klugen Mann, der mit ihr studierte und glänzte und schön war und wohlhabende Eltern hatte und einmal selbst viel Geld verdienen würde und der keinen Akzent hatte.

„Hi", sagte er in ihre Richtung und lächelte sie an, und es wäre leicht gewesen, sich ihm an den Hals zu werfen. Aber sie widerstand. Sie analysierte gnadenlos ihre Gefühle und stellte fest, dass es sich nur um Äußerlichkeiten drehte, um seine angenehmen Eigenschaften und Besitztümer. Er war normal, er war Durchschnitt; natürlich verdiente auch er es, geliebt und aufrichtig geliebt zu werden, aber nicht von ihr. Sie wollte jemanden lieben, der ihr nah war und der ihr gleich war. Die Interessen und die Bildung, die sie mit Markus teilte, wogen nicht so viel wie der Glaube und die familiäre Vertrautheit mit Jakob. Und obwohl sie sich anfällig fühlte für alle möglichen Arten der Versuchung, wusste sie, in wen sie verliebt war und in wen nicht.

Da Markus nicht den Versuch machte, sie zurückzugewinnen, konnte sie der Versuchung nicht erliegen. Woran sie noch scheitern konnte, war ihr Problem.

Die Tage gingen nur langsam vorbei, führten sie nur langsam ans Wochenende heran. Sie zwang sich, am Freitagabend und am Samstag zu lernen, um diese Zeit nicht ruhelos bei ihren Eltern totzuschlagen. Zwang sich, so viel wie möglich für das anstehende Geschichtsreferat zu tun, stöberte stundenlang in der Bibliothek herum und konzentrierte sich krampfhaft auf ihr Thema. Erst Sonntag in aller Frühe fuhr sie los. Die Gemeinde, klein, noch fremd, aber überschaubar, enthielt noch keinen Jakob. Sie setzte sich irgendwo in eine freie Reihe, ohne vorher im Stehen zu beten, wie es in der Brüdergemeinde üblich war. Sie setzte sich und blätterte im Liederbuch, um die Blicke der anderen Menschen, die in ihr die Fremde sahen, nicht so bohrend auf sich zu spüren.

„Hallo." Er saß schon neben ihr, bevor sie sein Erscheinen ganz begriffen hatte. Reden konnten sie nicht, denn der Gottesdienst fing nun an, aber sie merkte, dass er sie immer wieder verstohlen von der Seite ansah. Sie bekam kaum etwas mit von der Predigt und wäre am liebsten gleich mit ihm hinausgegangen. Die Lieder, die gesungen wurden, kannte sie nicht, aber Jakob kannte sie und sang laut mit. Seine Stimme gefiel ihr. Alles gefiel ihr, alles, sie wollte nur allein sein mit ihm.

Auch er schien so zu empfinden, denn sofort nach Schluss des Gottesdienstes lotste er sie nach draußen. „Erst mal weg", murmelte er, „fährst du bei mir mit?"

Sie ließ ihr Auto stehen, und sie fuhren drauflos, in den blauen Frühlingstag hinein.

„Das war eine lange Woche."

„Ja."

„Ich hatte gehofft, du würdest Samstag schon nach Hause kommen. Ich hab bei deinen Eltern angerufen."

„Sie waren bestimmt erstaunt. Normalerweise fragen keine fremden Männer nach mir."

„Wenn du nach Hause kommst, werden sie dich mit Fragen löchern."

„Und ich kann gar nicht alle beantworten. Wie heißt du überhaupt mit Nachnamen?"

„Das hab ich dir nicht gesagt?" Er lachte auf. „Janzen. Jakob Janzen."

Janzen also, das ging ja noch, das würde sich nicht schlecht machen. Elsa Janzen, das klang sogar besser als Elsa Epp.

„Und ich hab noch eine Frage." Peinlich, so geradeheraus, aber es musste sein. „Was hältst du eigentlich von Gleichberechtigung und so?" Nicht besonders schön ausgedrückt, aber raus war's.

„Klar", meinte er, „gibt es noch viel zu wenig, da ist unsere Gesellschaft noch ziemlich im Rückstand."

„Und in den Gemeinden erst."

„Ja", stimmte Jakob zu, „besonders da. Ein tolles Argument für jeden Chauvi: Gott will es so."

„Dann meinst du nicht, dass Gott es so will?"

„Nein", sagte er, „der Tod und die Unterordnung der Frau sind beide eine Folge des Sündenfalls. Gott wollte es ursprünglich anders. Wenn wir uns von Jesus vom Tod erlösen lassen, warum dann nicht auch von den ganzen anderen Ungerechtigkeiten? Warum nicht ein Leben anstreben, wie es vor dem Sündenfall war: mit Gott und Garten und miteinander in Einklang?"

Und weg war das Problem, das ihr so schwer auf der Seele gelastet hatte. Warum hatte sie gedacht, dass er ein schlechterer Nachdenker war als sie? Sie bereute ihre Überheblichkeit sehr. Er war klug, und er wollte keine Unterordnung, sondern eine gleichberechtigte Partnerschaft, den paradiesischen Zustand. Sofort dachte sie daran, wie es wäre, nackt zu sein und sich nicht zu schämen. Und Liebe und Tiere und Bäume, und Gott, der durch die Lilien schritt.

„Wie gefällt dir unsere Gemeinde?", fragte er.

„Sie ist – anders." Jede Gemeinde, die sie bisher besucht hatte, war anders gewesen. Die Atmosphäre, die Lieder und die Art, wie man sie sang, die Gesichter und die Art, wie sie lächelten oder nicht-lächelten, die Kleidung, die Kinder, die dabei waren oder nicht da waren, der Prediger, der vom Glauben sprach oder dem man den Nichtglauben anhörte, auch das Haus selbst, das riesige Bethaus oder die familiäre Umgebung der kleinen Freikirchen oder die nüchterne Feierlichkeit und die harten Bänke der evangelischen Kirchen, das alles hatte sie in sich aufgenommen und gegeneinander abgewogen, und nirgends war ihr warm geworden. Nur bei Jakob. Über seine Gemeinde wusste sie nicht viel zu sagen. Du bist herzlich. Ich sitze weich. Ich lausche deiner Stimme, ohne müde zu werden. Ich höre auf dein Singen und auf deinen Glauben.

„Es scheint nicht so gesetzlich zu sein", sagte sie vorsichtig.

„Es scheint so", wiederholte er und fasste an seine langen Haare. „Meinst du das? Es gibt genug Leute, die sich darüber ärgern."

„Aber sie schließen dich deswegen nicht aus."

„Nein", gab er zu, „das tun sie nicht." Er hatte an einem Feldweg angehalten. Löwenzahn sprenkelte den Wegesrand mit leuchtend gelben Tupfen, und das frische Grüngras sah saftig und lecker aus.

Jakob stellte den Motor ab und wandte sich ihr zu. „Wenn du eine Gemeinde ohne Gesetz suchst, bist du bei uns falsch. Wie überall. Du wirst in der ganzen Christenheit so etwas nicht finden. Wir sagen zwar, dass wir einen Glauben haben und keine starre Religion, aber wir müssen irgendwelche Regeln haben, es geht nicht anders, es liegt in der Natur der Sache."

„Warst du auf der Bibelschule?", fragte sie unvermittelt.

„Nein", entgegnete er, „nein, wieso? Ich möchte nicht, dass jemand mir beibringt, was und wie ich zu glauben habe. Traust du mir nicht zu, dass ich selber über die Dinge nachdenke?"

Das traf zu, und sie senkte den Blick.

„Ich predige dich doch nicht an?", fragte er besorgt. „Aber ich habe lange darüber nachgedacht, und bisher war keiner da, den das interessiert hätte."

„Ich höre dir gerne zu", beruhigte Elsa ihn und war ein bisschen erschrocken, weil sie ihn beleidigt hatte.

„Ich war beleidigt", fing er an, als hätte er ihre Gedanken gelesen, „weil manche mein Äußeres nicht mochten und das mit der Bibel begründet haben. Und ich habe mich gefragt: Mit welchem Recht bin ich so, wie ich bin, wie kann ich das verantworten, wenn es doch so und so in der Bibel steht. Und ich habe auch andere Gemeinden besucht, genau wie du. Aber überall gibt es etwas, von dem die Leute meinen, man braucht es, um in den Himmel zu kommen oder wenigstens um gottgefällig zu leben. Bei den Evangelischen ist es die Taufe, hast du sie nicht, bist du kein Christ. Wenn du katholisch bist und kriegst keine Sterbesakramente – Pech gehabt! Bei den Freikirchen wird wenigstens gesagt: Der ist Christ, der an Christus glaubt, egal ob getauft oder nicht. Die Regel sehe ich ein, wie sonst soll man Christsein definieren. Konsequent glauben und leben. Aber da geht es dann gleich weiter: Den Glauben soll man sehen. Er muss Auswirkungen auf das Leben haben, sonst ist er nichts wert. Wenn du sagst, du glaubst, und beklaust deine Mitmenschen, dann kann es dir nicht ernst sein. Und dann geht es weiter, man schaut in die Bibel, was sagt Gott noch. Nicht morden, okay, nicht lügen, nicht neidisch sein, was noch. Und da geht's dann schon los: was noch. Wenn du schlecht über die anderen redest, ist das nicht in Ordnung, wenn du ihnen Böses wünschst und so weiter. Du sollst niemanden verletzen. Du sollst nicht die Ehe brechen. Wenn du eine Frau bist, zieh dich nicht so an, dass andere die Ehe mit dir brechen wollen. Versteck dein Haar unter der Kapuze und geh nicht aus dem Haus."

„Jetzt übertreibst du aber."

„Klar, das verlangt keine Gemeinde, aber wo soll man den Schlussstrich ziehen, wer entscheidet, was wichtig ist und was nicht? Andere nicht verletzen, andere nicht zur Sünde verführen – wie weit soll man da gehen? Den Mercedes in der Garage verstecken, damit die anderen nicht neidisch sein müssen? Oder darf man erst gar keinen haben? Darf ein Christ reich sein? Darf er auf seinem Recht bestehen? Eine Brüdergemeinde würde nie vor Gericht gehen, nicht wahr?"

„Nein, niemals."

„Wenn man glaubt, dass die Bibel Gottes Wort an die Menschen ist, dass Gott in ihr sagt, was gut für die Menschen ist, steht man vor der Schwierigkeit zu entscheiden, ob das, was für die Menschen biblischer Zeiten gut war, auch für uns gut ist. Soll ich mit der Schaufel in den Garten gehen, um dort mein Geschäft zu verrichten? Darf ich kein Schweinefleisch essen? Darf ich am Sabbat nicht arbeiten? Darf eine Frau predigen oder nur Kinder kriegen?"

„Jede Gemeinde löst dieses Problem anders", bemerkte Elsa.

„Ja", sagte Jakob. „Aber manche Gemeinden sehen nicht einmal, dass sie dieses Problem haben. Dann steht einfach fest: Taufe, Konfirmation, ein paar gute Werke gleich Erlösung. Oder Bekehrung, Taufe, Buße nach jeder einzelnen Sünde, Kleider, Haare, nicht rauchen, all das."

„Was ist es bei euch?", fragte Elsa.

„Dies und das", sagte er. „Wo soll ich anfangen?"

„Sprecht ihr offen darüber?"

„Nicht über alles. Manches ist halt selbstverständlich."

„Aber über einiges doch? Das freut mich. Wo ich herkomme, ist alles selbstverständlich."

Sie sah durch das geöffnete Fenster in den Mai hinaus und fühlte sich frei von allen Zweifeln, von allen quälenden Fragen. Gott war da und meinte es gut. Jakob war da, und er war genauso frei wie sie. Man brauchte nicht Philosophie studiert zu haben, um sich von den vorgegebenen Normen zu lösen.

„Es geht nicht ohne Kompromisse", meinte er, „selbst wenn es der ist, dass du weiterhin an den Regeln festhältst, die du wichtig findest, und den anderen ihre Freiheit lässt."

„Wollen wir nicht aussteigen?" Sie fühlte sich auf einmal zu fröhlich für solche ernsten Gedanken. Freiheit, ja, und noch mal Freiheit, und Glaube und Liebe.

„Ich hätte nicht gedacht, dass ich mal jemanden finde, der das auch so sieht."

Hatte er das gesagt, oder sie? Es war egal, wer von ihnen was sagte. Ihre Gefühle schwangen im selben Rhythmus, und als sie den Weg entlanggingen, fassten sie sich bei den Händen.

„Wenn du mitkommst", sagte sie irgendwann, „brauche ich keine Fragen zu beantworten."

Die Idee gefiel ihm, und so fuhren sie gemeinsam zu ihren Eltern, und die bestürzten Blicke beim Erscheinen des jungen Mannes mit den Haaren, die fast bis zu seinen Schultern reichten, das Entsetzen, als sie seinen Ohrring sahen, wandelte sich in mildes Befremden, als er seinen Namen nannte und sich so als Russlanddeutscher outete, als einer von uns. Janzen, natürlich, sie kannten seine Eltern flüchtig, diese Janzen, wie schön. Und er gehörte zu einer

Gemeinde. Nach dem geheimnisvollen Markus, den sie nie zu Gesicht bekommen hatten, war Jakob trotz seines unbiblischen Aussehens eine Erleichterung. Sie hatten schon befürchtet, ihre Tochter an die Welt zu verlieren, aber ein Janzen, das war schön, das war fast wie die eigene Familie. Sie wechselten ins Plattdeutsche, das sie alle beherrschten, und Jakob wickelte ihre Eltern ein mit seiner Freundlichkeit und seinem offenen Lächeln. Bei der Frage nach seinen Haaren – das war unvermeidlich – wies er auf das Bild, das im Wohnzimmer hing und das Heilige Abendmahl darstellte, und sagte nichts. Wahrscheinlich war ihnen nie aufgefallen, dass Jesus und seine Jünger dort lange Haare hatten, viel längere als Jakob, und sie betrachteten es erstaunt, als sähen sie es zum ersten Mal.

Er schlug sich gut. Jede ihrer Fragen beantwortete er, ohne sich darüber irritiert zu zeigen, dass sie ihn so unverblümt kritisierten. Elsa hatte Markus ganz bewusst nie mitgenommen. An ihn hätten ihre Eltern sich zwar nicht herangetraut, aber die ganze Art ihrer Familie hätte ihn schockiert; vielleicht hätte er sie verachtet. Jakob dagegen kannte solche Menschen, seine Eltern waren nicht anders, wie er ihr später sagte, und er nahm ihre Fragen und Befürchtungen mit Humor.

„Du Armer", meinte sie später, nachdem sie sich auf ihr Zimmer zurückgezogen hatten. „Werden deine Eltern mich auch so löchern?"

„Nein", antwortete er nach kurzer Denkpause, „sie werden mich später beiseite nehmen und mich nach meinen Absichten fragen."

Oha. „Und was wirst du sagen?"

„Dass es mir ernst ist."

Sie schaute weg, verlegen, aber ihr wurde warm, und sie spürte, dass sie rot wurde.

„Das kannst du jetzt schon sagen?"

„Ich weiß, was ich will, und ich sehe, wenn ich es gefunden habe."

Bei mir geht es nicht so schnell, dachte sie, aber ihre Gefühle straften sie Lügen. Sie dachte wieder an den Garten des Paradieses: zwei Menschen, Tiere und Bäume und Gott. Sie versuchte, sich vorzustellen, wie es wäre, nackt zu sein und sich nicht zu schämen, und sie wurde noch ein bisschen roter, denn sie konnte es sich ganz gut vorstellen.

Seine Eltern hatten eine unbestreitbare Ähnlichkeit mit ihren. Sie waren wie alle, wie Gläubige aus der Brüdergemeinde zu sein hatten. Vielleicht hatten sie noch ein bisschen mehr Humor als üblich, denn nach einer kurzen Aufwärmphase sagte seine Mutter: „Du bist gar nicht so schlimm, wie ich dachte", und sein Vater sagte: „Du bist ja ein ganz normaler Mensch und kein Engel."

„Was hast du denn bloß erzählt?", fragte Elsa.

„Nur Gutes", versicherte Jakobs Vater mit einem Augenzwinkern.

„Ich hatte eine –", die Mutter wusste nicht, wie sie es nennen sollte, „eine Moderne erwartet, aber du bist ja doch eine richtige Plattdeutsche." Eine von uns. Deshalb war sie so erleichtert, ebenso wie Elsas Eltern. „Er hat immer angekündigt, er wollte eine Hiesige heiraten." Sie versuchte, das letzte Wort zurückzunehmen. „Na ja, so weit seid ihr ja wohl noch nicht."

Sie brachte Streuselkuchen auf den Tisch. Es war alles so typisch, aber Elsa hatte trotzdem das Gefühl, dass etwas anders war. Gastfreundschaft war üblich, das war es nicht, und das mennonitische Platt, obwohl leicht verschieden von dem, das sie von zu Hause kannte, trug zur vertraulichen Atmosphäre bei. Aber da war noch mehr, noch mehr Vertrautheit, als sie gewohnt war.

„Du verstehst dich sehr gut mit ihnen", stellte sie später fest, als sie wieder allein waren. „Du hast ihnen viel von mir erzählt." Mit ihren Eltern hatte sie nie von ihren Freunden oder potentiellen Freunden gesprochen, und wenn, dann eher im Streit. „Wie kannst du das, sie sind doch auch konservativ und so –"

„Ja", gab er zu, „aber das ändert doch nichts an ihrer Liebe."

„Sie haben nicht geweint wegen deinem Ohrring?"

„Na ja, vielleicht doch etwas."

„Und du tust es ihnen trotzdem an."

„Ja", sagte er und legte eine CD mit erschreckend harter Rockmusik ein, „und wenn sie das von unten hören, werden sie auch leiden. Aber ich hab ihnen meine Ansichten erklärt, und sie akzeptieren das. Obwohl sie es leider nicht verstehen können."

Sie stellte die Frage, warum er ihnen das Leid zumutete, nicht noch mal. Er ging seinen Weg und zeigte ihnen seine Liebe dadurch, dass er sie an dem, was er tat, teilnehmen ließ. Sie liebte ihn für diese Konsequenz und diese Güte und ließ sich widerstandslos küssen, wobei ihr nicht einmal bewusst war, dass sie damit angefangen hatte.

14. Großväter

„Du musst noch jemanden kennen lernen, um unsere Familie zu verstehen", sagte Jakob zu ihr. „Meinen Opa."

Elsa dachte an ihren eigenen Großvater, der immer kleiner und trauriger wurde, und an ihre Oma, die immer strenger und strenger wurde, von der Panik verfolgt, nicht makellos vor Gott zu sein und nicht bereit, wenn er sie zu sich rief in die himmlische Heimat.

„Wie ist er denn?", fragte sie.

„Frag lieber, wo er ist." Und als sie ihn erstaunt anblickte und halb die Antwort „im Gefängnis" befürchtete, sagte er: „In der Anstalt. Psychiatrie. Klapse."

„Oh."

„Es könnte ja erblich sein", sagte Jakob grimmig. „Aber – na, du wirst schon sehen."

Diesmal nahm sie eher widerstrebend auf dem Beifahrersitz Platz.

„Besuchst du ihn oft?"

„Es geht so", antwortete er, „es ist nicht so angenehm. Nein, hab keine Angst, er ist nicht gefährlich oder so."

Sie fragte sich, was er ihr da zeigen wollte. Natürlich gehörte es dazu, die jeweiligen Großeltern kennen zu lernen, aber er hatte etwas von „besser verstehen" gesagt, und sie fürchtete sich ein bisschen davor, was es sein könnte, das sie verstehen sollte.

Die Landschaft rauschte an ihnen vorbei, und auf einmal kam ihr das alles so fremd vor, so unwirklich, hier fuhr sie mit einem, den sie erst seit drei Wochen kannte, und obwohl sie jeden Tag miteinander telefonierten, war seine tatsächliche Gegenwart immer noch etwas Seltsames und Wunderbares und Ungewohntes. Wer weiß, welche düsteren Familiengeheimnisse er in sich trug, welche Gene des Wahnsinns. Auch Gläubige waren nicht gefeit gegen die dunklen Seiten des Menschen, waren nicht stärker als der Abgrund in ihnen, und Jesus ließ sie hineinfallen. So war das. Auch wenn niemand davon sprach und die Frommen fröhlich zu sein hatten, auch wenn der Glaube ihnen half, vieles zu verarbeiten und zu verzeihen, woran andere zerbrachen, es gab doch auch immer welche, die fielen, nicht in die Welt hinein, sondern in eine noch rätselhaftere und gefährlichere Welt, die des eigenen Ichs.

Sie kamen in der Klinik an, sie erreichten die Psychiatrische Abteilung, wo man ihnen vergitterte und verglaste Türen aufschloss.

„Herr Janzen", sagte der Pfleger, „Ihr Enkel!"

Jakobs Opa war ein rüstiger alter Herr, groß und kräftig, mit dichtem grauem Haar und einer schwarz umrandeten Brille. Er sah keineswegs krank oder angeschlagen aus.

„Jakob, mein Junge!", rief er, sprang auf und umarmte den Besucher, er umarmte auch Elsa. Dann ließ er sich wieder in den Sessel fallen, in dem er vorher gesessen hatte, und seufzte schwer. „Ich darf nicht mehr predigen. Stell dir vor, ich darf nicht mehr predigen, und all die Menschen hier, die das Wort nie hören werden, die verloren gehen, die keine Chance haben!"

„Gott wird ihnen eine Chance geben", sagte Jakob freundlich, „du kannst ja für sie beten, das wird schon reichen."

Bis jetzt hatte Elsa noch nichts gehört, was nicht auch jeder normale Gläubige hätte sagen können.

„Aber sie gehen verloren", beharrte der Alte, und auf einmal sank er in sich zusammen. „Und ich auch, Gott wird mich nicht annehmen, ich bin verloren, ich bin verloren."

„Nein, Opa", widersprach Jakob sanft und ergriff seine Hand. „Gott liebt dich. Er wird dich zu sich in den Himmel nehmen."

„Nein, nein, ich habe gesündigt." Er blickte Elsa an und sie erschrak vor dem finsteren Ausdruck in seinen Augen. „Ich habe die Sünde wider den Heiligen Geist begangen. Mir kann nicht vergeben werden. Verzeih!" Er packte Elsas Hände. „Verzeih mir, wenn ich dich beleidigt habe, verzeih mir, bitte!"

„Ja, natürlich", stammelte Elsa, „natürlich verzeihe ich Ihnen."

Er ließ ihre Hände wieder los. „Ich werde verloren gehen, ich bin ein Sünder. Ich habe für so viele Sünden noch nicht Buße getan. Ich habe sie vergessen. Schrecklich, ich habe vieles vergessen. Jakob, Jakob, du verzeihst mir doch? Du verzeihst mir doch?"

„Ja, Opa."

„Ich habe so vieles vergessen, was ich getan habe … Es ist nicht vergeben, ich habe nicht Buße getan, ich habe die Sünde wider den Heiligen Geist getan … Es ist der Teufel, nicht wahr? Er hat mich, ich weiß, er hat mich, weil ich gesündigt habe, und ich habe nicht für alles Buße getan. Habe ich dich schon um Verzeihung gebeten, Mädchen? Verzeih mir, verzeih mir."

Sie nickte, wusste aber nichts mehr zu sagen.

„Und ich darf nicht predigen. Nicht einmal das, sie gehen verloren, und ich darf nichts tun."

„Wir haben ihm seine Bibel weggenommen", sagte der Krankenpfleger, als sie das Zimmer verlassen hatten, „es ging nicht anders."

„Ja", stimmte Jakob zu, „kann ich verstehen. Er liest immer dasselbe", sagte er zu Elsa gewandt. „Das mit der Sünde gegen den Heiligen Geist, die nicht vergeben wird."

„Und so ist er die ganze Zeit?", fragte sie schockiert.

„In dieser Abteilung gibt es bestimmt niemanden, den er noch nicht um Verzeihung gebeten hätte. Und er versucht jeden zu bekehren."

„Na ja, das tun andere auch."

„Aber nicht auf diese Art und nicht bei Menschen, die sowieso auf der Kippe stehen. Denen sollte man nicht auch noch mit ewiger Verdammnis drohen."

„Aber warum?", wollte sie endlich wissen. „Warum glaubt er, dass er verloren ist?"

„Das befürchten viele der Gläubigen, ist das ein Wunder? Du kannst nicht alle Gebote halten, du kannst nicht für alles sofort um Verzeihung bitten. Du kannst nicht wissen, ob du nicht gerade sündigen wirst, wenn du stirbst. Ein Zweifel, ein falscher Gedanke – und weg."

„Ja", meinte Elsa, „ja, ich weiß, aber man lebt halt damit. Die meisten gewöhnen sich daran und hoffen auf Gottes Güte."

„Mit dem Alter wird es schlimmer. Wenn der eigene Tod in greifbare Nähe rückt."

„Ja", sagte sie und dachte an ihre eigene Oma, „ja, so ist es wohl. Was ist das eigentlich, diese Sünde, die nicht vergeben werden kann?"

„Was weiß ich. Vielleicht, wenn man schlecht über den Heiligen Geist spricht? Oder an ihm zweifelt? Ich glaube, ganz genau versteht das sowieso keiner. Deswegen kannst du es jemandem auch schlecht ausreden, der das Gefühl hat, er hätte es getan." Er fasste sie um die Taille. „Das mit dem Predigtverbot ist jedenfalls ein schwerer Schlag für ihn. Er glaubt, dass jeder Mensch, dem er begegnet und dem er nicht wenigstens ‚Jesus liebt dich‘ zuruft, auf sein Konto geht. Jeder Mensch, der sich nicht für Gott entscheidet, weil er geschwiegen hat, ist seine Schuld. Er sammelt Schuld. Er sammelt Menschen, die verloren gehen. Deshalb muss er den ganzen Tag predigen, und es bleibt trotzdem genug Schuld wegen verlorener Seelen übrig, um ihn selbst auch in die Hölle zu bringen. ‚Man wird ihr Blut von euch fordern‘, ist einer seiner Lieblingsverse."

„Aber wenn er nicht predigen darf, wird es ihm doch noch schlechter gehen."

„Vielleicht entlastet es ihn ja auch, wenn andere für sein Versagen verantwortlich sind."

Sie stiegen ins Auto. „Deshalb", sagte Jakob, „war ich lange Zeit nicht bereit, selbst an Gott zu glauben. Ich wollte nicht so enden. Wenn sie zu mir sagten ‚Der Glaube macht frei‘, konnte ich nur lachen."

„Aber jetzt glaubst du."

„Ja, jetzt glaube ich. Aber um die Gemeinden, die einem Menschen solche Angst aufbürden, mache ich einen weiten Bogen."

„Aber deine Eltern sind noch da."

„Was man glaubt, kann man halt nicht von einem abhängig machen, der daran zerbrochen ist."

Der helle Junitag schien ihr düsterer geworden zu sein. Die Angst, die sie eben miterlebt hatte, war ihr selbst schon so fremd geworden, dass sie sie kaum noch mitempfinden konnte, aber das Mitleid und das Entsetzen ließen sie nicht los.

„Wie froh wird er sein, wenn er voller Panik stirbt und bei Gott erwacht."

„Ja", sagte Jakob, „ja, es ist nur eine Krankheit, die wehtut und von der nur der Tod ihn erlösen kann. Aber es fällt schwer, ihn einfach nur als Kranken zu sehen." Er schaltete das Radio ein. „So, und jetzt fahren wir zu meinem anderen Opa."

„Ich glaube, für heute habe ich genug von Opas."

„Oh nein, nein, der ist anders. Der wird dich aufmuntern und mich von dem Verdacht befreien, dass alle meine Vorfahren verrückt sind."

„Na gut", sagte Elsa schwach, „meinetwegen alles auf einmal. Fahren wir hin."

Jakobs zweiter Opa wohnte in einem vierstöckigen Hochhaus, allein in einer kleinen, mit Bildern, Fotos und Erinnerungsstücken vollgestopften Wohnung. An den Fotos von Jakob und seiner Schwester konnte man förmlich mitverfolgen, wie sie gewachsen waren und sich verändert hatten. Von der verstorbenen Oma hing ein besonders großes Foto über dem Sofa, und Elsa schaute es lange an. Es zeigte ein frisches, rundliches Gesicht, die Falten von der Fülle gemildert, einen Kranz schneeweißen Haares wie einen Heiligenschein über den leuchtenden Augen. Sie wirkte gütig und mütterlich und glücklich, und obwohl sie in mancher Hinsicht nicht viel anders aussah als Elsas eigene Oma, war der Unterschied so groß, dass sie bedauerte, diese Frau nicht kennen gelernt zu haben. Der Opa, der sehr lebendig war, war auch nicht dünn, aber schon kahl auf dem Kopf. Dafür trug er einen kurzen eisgrauen Bart, der ihm, im Vergleich zu den Fotos, auf denen er völlig haarlos zu sehen war, sehr gut stand. Aus diesem Bart schloss Elsa, dass er nicht zur Brüdergemeinde gehörte, und sie hatte Recht damit, wie sie bald zu hören bekam. Jakob brauchte das Thema nur kurz anzuschneiden, und schon sprudelte es aus ihm heraus.

„Die Gemeinde – nein, da bin ich nicht mehr. Wie man sieht. Hulda war da schon tot, das war gut, es hätte sie so sehr mitgenommen, was da alles passiert ist. Nein, da war sie schon ein paar Wochen im Krankenhaus gewesen und hat nichts mehr mitbekommen, und das ist gut so, die sind nicht zimperlich umgegangen mit mir, und ich brauchte keine Rücksicht mehr auf sie zu nehmen."

Das war jedem bekannt, der den Wunsch verspürte zu gehen oder sich auch nur zu wehren: die Sorge, wie die anderen, denen jede Auflehnung als Blasphemie erschien, vor Leid zu schützen waren.

„Ich war Prediger, musst du wissen – ich darf doch du sagen, wenn du Jakobs Freundin bist –, und ich war auch im Bruderrat. Aber dann fing ich an, Dinge zu predigen, die sie nicht hören wollten, verstehst du, über Freiheit und Gesetzlichkeit und so weiter. Wir kommen in Gefahr, wenn wir vergessen, dass das Evangelium immer neu ist und dass wir den neuen Wein des Evangeliums nicht versuchen sollten in alten Weinschläuchen zu halten, das heißt in alten Traditionen und Gebräuchen, in starren Formen, Einrichtungen und Ansichten. Wir Menschen möchten immer alles konservieren, klammern uns an das Alte, aber Gott will erneuern, habe ich gesagt, und das wollten sie nicht hören. Die jungen Leute schon, sie haben mir oft die Hand geschüttelt und gesagt: Bruder Wiens, Sie sprechen uns aus der Seele. Die Jungen sehnen sich nach Veränderung, sie wissen, dass es nicht so bleiben kann. Und das ist gut so."

„Du vergisst meine Schwester", warf Jakob ein.

„Ach, Maria, die war noch nie jung. Haben wir nicht leblos und fruchtlos gewordene Formen und Normen in unseren Gemeinden konserviert und kultiviert? Wäre es nicht längst Zeit, unsere historischen und veralteten Gewohnheiten gründlich zu prüfen?"

„Und das haben Sie denen gesagt?", fragte Elsa schockiert.

„Ich hab sogar Andeutungen in meinen Predigten gemacht. Da haben sie mich immer seltener predigen lassen, obwohl ich der Einzige von den Predigern war, der richtig Deutsch sprechen konnte. Die Qualität der Predigten war und ist ihnen egal. Die älteren Prediger mit ihrem altertümlichen Deutsch, oder noch schlimmer, die Männer in mittleren Jahren, die drüben in den russischen Schulen kein Deutsch gelernt haben und dann auf der Kanzel herumstammeln, so dass man nicht weiß, was sie eigentlich sagen wollen. Und um die Misere zu übertünchen, wird der Chor in den Mittelpunkt gerückt, buchstäblich in die Mitte gestellt, und hat zu beeindrucken mit möglichst vielen Liedern."

„So habe ich das noch nie gesehen."

„Du bist da schon raus, deswegen kann ich dir das erzählen. Du begegnest den Männern aus dem Bruderrat nicht mehr. Denn sie sind die schlimmsten, sie sind das größte Hindernis auf dem Weg zum Fortschritt. Es geht überhaupt nicht um das, was in der Bibel steht und was der Heilige Geist uns sagt. Es geht um Egoismus und Machtstreben. Sie wollen alles in ihrer Macht, in ihrer Gewalt behalten. Und sie sind sehr geschickt darin, ihre Herrschsucht mit dem Mantel der Frömmigkeit zu verdecken. Nur deshalb klammert man sich an das Alte und wehrt sich gegen das mögliche Aufrücken gebildeterer junger Kräfte. Obwohl eigentlich eine Wahlpflicht besteht, weil die Gemeinden rechtlich eingetragene Vereine sind, bleibt der Älteste zwanzig Jahre an der Spitze und ist nicht davon wegzukriegen, es sei denn, er stirbt. Ansonsten kann man fast davon ausgehen, dass es ein Amt auf Lebenszeit ist, verbunden mit päpstlicher Unfehlbarkeit. Um junge Brüder in Unkenntnis zu halten, wird ihnen der Weg zur Bibelschule versperrt, und wenn manche doch gehen und dann mit der Fähigkeit zum Predigen wiederkommen, werden sie als ‚Verweltlichte und vom wahren Glauben Abgekommene' mit Misstrauen empfangen. Als verweltlicht und vom wahren Glauben abgekommen gelten die, die den gesetzlichen Äußerlichkeiten der Gemeinde keine oder wenig Beachtung schenken, den Leitenden jedoch konkurrenzgefährlich sind. Die ekelt man aus der Gemeinde hinaus. Mit der Politik ‚Wir wollen alles so halten, wie es war', verfolgen die leitenden Brüder immer das Ziel, sich selbst an der Gemeindeleitung zu erhalten. Sie wollen die einmal erklommene Position nicht aufgeben und verketzern daher alles und alle, was oder wer ihnen in die Quere kommt. Und niemand ist imstande, ihnen das Handwerk zu legen."

Wenn ich nicht schon draußen wäre, ich würde gehen, dachte Elsa. Er hat Recht, wie Recht er hat, warum überrascht mich das alles nur nicht? Waldemar war zwar auch zur Bibelschule gegangen, aber ihn hatte man geschickt, er war der Sohn eines der Leitenden, zum Erben ausgebildet.

„Die Bibelschulen", fuhr Opa Wiens fort, „werden öffentlich verhöhnt, ich war dabei auf einem Brudertreffen, wo sich viele Gemeindeleiter verschiedener Brüdergemeinden getroffen haben. Ist zwar schon über zwanzig Jahre her, aber ich sehe es noch genau vor mir, wie einer der Leiter sagte: ‚Wer geht wohl in diese Bibelschulen? Doch nur die Faulen und Taugenichtse. Und was machen sie dort? Dort lassen sie sich Bärte wachsen und dann sind sie die Weisen, die Gelehrten, die unsere Gemeinde nicht brauchen kann.' Die anderen Leiter, die sich zwar nicht gelehrt, aber auch weise fühlten, nickten dazu. Kannst du dir das vorstellen? So selbstbewusst, so selbstgefällig. In ihrem Größenwahn schrecken sie vor nichts zurück. Und dabei sind die Bibelschulen, die überhaupt in Frage kommen, nicht viel weniger fundamentalistisch als sie. Aber es geht ja um Macht, nicht um die Bibel. Und daher werden durch Säuberungsaktionen die Gemeinde und der Vorstand gefügig gehalten. Da wäscht eine Hand die andere. Der Vorstand stützt den Gemeindeleiter und versieht ihn mit dem Schein der Unfehlbarkeit, und der Älteste seinerseits sorgt für Ansehen und

174

Einfluss des Vorstandes in der Gemeinde. Rechts auf der Empore nimmt er, der Vorstand, bei allen Veranstaltungen seinen Ehrenplatz ein und schaut mit Argusaugen auf Kleidung, Haartracht und das Verhalten der Gemeindeglieder im Saal. Ordnung und Disziplin nennen sie es, und so sorgen sie dafür, dass ihnen die Macht nicht aus den Händen gleitet, und so missbrauchen sie das Vertrauen, das man ihnen entgegenbringt, auch die Naivität dieser Gläubigen. Man darf ja nicht vergessen, was das für Menschen sind. Sie kommen aus einer Diktatur, lange vor der Perestroika und den ganzen Veränderungen dort, sie sind es gewöhnt, dass man ihnen sagt, was sie tun sollen. Manche haben nur drei oder vier Jahre eine Schule besucht und können lesen und schreiben, aber auch nicht viel mehr. Studieren durften Gläubige in Russland sowieso nicht. Sie sind es nicht gewöhnt, selbständig zu denken. Das gibt den Leitenden natürlich eine ungeheure Macht."

„Vielleicht sollten wir das Thema wechseln", schlug Jakob vorsichtig vor, denn der alte Mann redete sich allmählich in Rage. Seine Stimme wurde nicht lauter, aber leidenschaftlicher, und Elsa verstand, dass er immer noch unter der Verantwortung litt, die er einmal getragen hatte. Auch er war unter den Leitern der großen, dummen Herde gewesen – und er hatte es nicht vermocht, irgendetwas für sie zu tun, ihr die Last, die die anderen auf sie gelegt hatten, zu erleichtern. Aber er kämpfte immer noch. Er kämpfte, indem er davon redete, indem er bloßstellte, was im Argen lag und wovon er selbst nur deshalb mit Sicherheit sprechen konnte, weil er dabei gewesen war und dazugehört hatte. Man hätte es rachsüchtig nennen können, aber Elsa hatte nicht das Gefühl, dass es ihm darum ging, dass es Rache war, die ihn zum Reden brachte. Er liebte die Menschen, von denen er sprach. Er hatte seine Frau geliebt, die er von allen Erschütterungen hatte fernhalten wollen. Er brauchte nicht mit dem aufzuhören, was seine Mission war: Augen zu öffnen.

„Nein, erzählen Sie ruhig weiter", meinte sie, „es interessiert mich wirklich."

„Glaubst du mir denn?", fragte der Opa. „Oder denkst du, ich habe das nur so empfunden?"

„Vielleicht sollte man das nicht so verallgemeinern", sagte Elsa vorsichtig. „Sicher ist es nicht in allen Brüdergemeinden so."

„Warum verändern sie sich dann nicht? Warum bleiben sie dann Christen aus Russland, anstatt sich in diese Kultur einzufügen? Sie kommen doch als Deutsche her, aber der Westen ist für sie die Welt." Und nach einigem Nachdenken fügte er hinzu: „Vielleicht ist es ja noch schlimmer, als ich dachte. Vielleicht gibt es ja gar keine christliche Gemeinde, in der es anders ist. Schließlich sind alles nur Menschen … Aber nein, das hier ist ein Beispiel, ein extremes Beispiel, aber ein Fall unter vielen. Je gesetzlicher eine Gemeinde ist, desto mehr lädt sie zur Herrschaft ein. Es gibt keine demokratischen Könige." Er kraulte seinen grauen Bart, das Zeichen seines Ketzertums. „Ich habe mit dem Ältesten und seinem Stellvertreter über die Gesetzlichkeit gesprochen. Sie haben zugegeben, dass das alles nichts mit unserer Erlösung zu tun hat. Aber es ändern? Es wird schon im Laufe der Zeit von selbst verschwinden. Aber wie kann es das, wenn alle, die den Mut zu einer anderen Meinung

176

haben, geächtet werden? Man soll alles seinen gewohnten Gang gehen lassen, es der Zeit, dem Generationswechsel überlassen. Aber die Jungen sind genauso gedrillt wie die Alten, sie haben es schon in sich, bevor sie sich überhaupt bekehren. Und die anderen gehen oder werden gegangen. Nein, es gibt keine Veränderung. Denn die Veränderung wird nicht sich selbst überlassen, sondern im Keim erstickt. Ich durfte nichts sagen. Sie riefen den Bruderrat zusammen, ohne mich, und sprachen darüber, wie gefährlich ich doch für die Gemeinde sei. Und dann legte man mir Schweigepflicht auf."

„Schweigepflicht?", fragte Elsa verständnislos.

„Ja, über nichts zu sprechen, weder über meine Ansichten noch darüber, dass ich nicht darüber sprechen durfte. Und auch das war ihnen nicht sicher genug. Nach dem Tod meiner Frau baten sie mich, die Gemeinde möglichst unauffällig zu verlassen. Na ja, jetzt gehöre ich nirgends hin. Aber du brauchst keine Angst um meinen Glauben zu haben. Der ist noch da."

„Ich weiß", sagte Elsa. „Mein Glaube ist auch noch da."

Auf einmal entspannte sich sein Gesicht, und er lächelte breit. Es war Jakobs Lächelns. „Lass dich nicht von einem alten Mann beunruhigen."

„Aber meine Eltern und Geschwister sind alle dort."

„Meine Töchter auch, Jakobs Eltern, seine Schwester Maria und ihre Familie, sie alle. Wir können nichts ändern. Wenn sie dort glücklich sind, sollen sie es bleiben. Manche Menschen können es nicht ertragen, wenn sich etwas ändert. So, aber nun ist wirklich genug dazu gesagt worden. Der

Kaffee ist bestimmt schon lange durch." Und er schlurfte in die Küche.

„Er spricht nicht immer darüber", erklärte Jakob, „meistens erzählt er Abenteuer aus seiner Jugendzeit. Du hattest schon genug Deprimierendes für heute gehört."

Opa Wiens hatte das Gefühl der Verstörung, das Opa Janzen ausgelöst hatte, jedoch gemildert, anstatt es anzustacheln. Was Elsa dagegen jetzt fühlte, war Wut und das quälende Bewusstsein der eigenen Hilflosigkeit.

„Man müsste doch irgendetwas tun", meinte sie, „etwas sagen …"

„Schreib ein Buch", schlug er vor, „aber sie werden's nicht lesen."

Der alte Rebell kam mit dem Kaffee zurück. „Mögt ihr ihn süß?"

„Nein", sagte Elsa, „so, wie er ist. Schwarz und bitter."

15. Von Liebe, Glück und Freiheit

Seine Hand tastete vorsichtig unter ihr T-Shirt.

„Willst du mich heiraten?", fragte er zwischen zwei langen, gierigen Küssen.

„Ja", sagte sie sofort. Sie bat ihn nicht um Bedenkzeit, wie sie sich früher vorgestellt hatte, dass sie um Bedenkzeit bitten würde, wenn jemand sie so etwas Wichtiges fragte.

„Wann?", fragte er. „Morgen?"

„Du hast es aber eilig." Es war schwer, lange Sätze zu sprechen, wenn man sich gerade so sehr küsste.

„Ich verstehe jetzt, warum man in der Brüdergemeinde nach drei Monaten heiraten muss."

„Wie lange sind wir jetzt zusammen?"

„Einen Monat."

„Dann hätten wir ja noch zwei."

„Zwei? Unmöglich. So lange kann ich nicht warten."

Sie hielten sich eng umschlungen und waren gleichzeitig glücklich und verzweifelt glücklich. Warten. Wie lange, konnten sie selbst festsetzen, und sie hatten vorgehabt, den Hochzeitstermin aus Vernunftgründen etwas weiter nach hinten zu verlegen, bis die Gelegenheit günstig war. Zu Ende studieren hieß das für Elsa, sparen bedeutete das für Jakob. Aber ihre Überzeugung machte ihnen einen Strich durch die Rechnung: ihre Überzeugung, dass sie mit dem, was sie so gerne tun wollten, noch bis zur Hochzeit warten sollten.

„Auch ein Gesetz", fand Elsa, „wir haben so viele Gesetze abgelegt, warum nicht auch dieses? Warum hier die Grenze ziehen?" Die alte Frage: Wie kann man beurteilen, was gilt und was nicht, wie kann man seinen Weg finden, ohne Schaden zu nehmen.

„Weil ich es für gut halte", sagte Jakob, „so schwer es auch fällt. Eine sinnvolle Regel zum Schutz des Menschen und zum Schutz der Liebe."

Aber wenn man sich so liebt. Wie kann irgendetwas falsch sein, wenn man sich so liebt. Elsa war fast beleidigt, dass Jakob seine Überzeugung wichtiger fand als den Wunsch nach Nähe. Ihre Vernunft war ihm dankbar, ihre

Vernunft stimmte ihm zu, und doch hatte sie die phantastische Vorstellung von besinnungsloser Leidenschaft, von einer Liebe, die alle Schranken durchbrach, keine Hindernisse kannte, nichts als das Wir. Aber gleichzeitig wusste sie, dass es dabei mehr um das Ich ging als um das Wir. Das Gewissen des anderen zu belasten für die eigene Befriedigung, das war nicht Liebe, nicht die ausschließliche Liebe, die sie ersehnte.

Warten also. Weil es christlich war zu warten oder weil es sinnvoll war, voller Sinn und Liebe? Unter all den christlichen oder scheinbar christlichen Gesetzen, antwortete sie bei sich, akzeptiere ich dieses als auch für mich gültig, weil es ein Gesetz der Liebe ist und nicht der Nichtliebe. Kein Schutz gegen Liebeskummer, aber doch als Schutz gegen das „Erfahrungen sammeln", das Prinzip der Nichtliebe, gegen uneheliche Kinder und den verpfuschten Berufsweg, der damit zusammenhing. Das Gesetz bedeutete: nur einer und nur eine für ein ganzes Leben. Keine Geschlechtskrankheiten, kein AIDS, Schutz gegen Täuschung und Selbsttäuschung. Alles vernünftig, doch trotzdem, obwohl sie gerne unvernünftig gewesen wäre, trotzdem wertvoll, weil es eben nicht nur um Vernunft ging, sondern um Liebe. Du und ich und niemand sonst, ohne Rückversicherung, ohne Einschränkungen, ohne den Zwang, irgendetwas anderem zu folgen als der Liebe. Ich warte auf dich, denn du bist es mir wert und ich bin es mir wert. Liebe ohne Ausschluss der Selbstliebe. Das war bedingungslose Liebe, ja zu sagen zum anderen, so wie er war, mit allen Macken und Schönheitsfehlern. Ein Gesetz, vor dem ihre Neigung zum Gesetzebrechen zwar nicht still hielt, denn hin und wieder fühlte sie sich sehr wohl dazu geneigt, es zu brechen, aber dem sie doch irgendwo zustimmte. Was wäre gewesen, wenn ich mit Markus geschlafen hätte? Hätte ich je die Kraft aufgebracht, Schluss zu machen? Vielleicht hätte ich ein Kind bekommen. Das Gesetz „Abtreibung ist Mord" wagte sie nicht einmal in Gedanken anzutasten, denn das Prinzip der Heiligkeit des Lebens war für sie einer der obersten Gedanken eines liebendes Schöpfergottes. Sie war also froh, es nicht mit Markus getan zu haben, aber mit Jakob war es doch etwas anderes, sie waren sich so sicher, dass sie heiraten würden, so ganz sicher …

„Im Sommer", schlug Jakob vor, „warum nicht im Sommer?"

„Ich hab's dir noch gar nicht erzählt. Ich hab einen Praktikumsplatz in einem Museum bekommen. Die ganzen Semesterferien."

„Oh nein."

„Danke, dass du dich für mich freust." Auf einmal fühlte Elsa sich richtig aggressiv. Fing hier das an, was sie doch unbedingt vermeiden wollte – ihre eigenen Pläne von einem Mann ausgehöhlt zu sehen und dort zu enden, wo sie nicht hinwollte – als Heimchen am Herd? Und nur, weil sie das Gesetz „Kein Sex vor der Ehe" zur Eile antrieb?

„Nächstes Jahr", fing sie an, denn das Praktikum aufzugeben stand für sie nicht zur Debatte. Aber gleichzeitig dachte sie: Wenn ich mich bewähre, nehmen sie mich nächstes Jahr vielleicht wieder.

„Noch ein ganzes Jahr warten? Nein. Nein", sagte Jakob. „Wir müssen uns ja nicht nach deinen Semesterferien richten."

„Aber", fing sie an, das Schreckgespenst verpasster Seminare vor Augen.

„Nur", sagte er, „nur eine Hochzeitsreise wär dann natürlich nicht drin."

Also an einem Wochenende heiraten und am Montag den Alltag beginnen lassen. Nicht sehr romantisch. Eher vernünftig. Aber wie hatte sie selbst gedacht: Es ging darum, eine hingebungsvolle Liebe mit einer Berufsplanung zu verbinden. Sie fühlte es als ihre Berufung, berufstätig und erfolgreich zu werden, die Erste unter den vielen Gläubigen, die sich diesen weltlichen Weg versagten. Es ihnen zu zeigen: dass auch jemand, der scheinbar rückständig an einen unsichtbaren Gott glaubte, mit beiden Füßen im Berufsleben stehen konnte. Vernunft war das und ein Ehrgeiz, den, wie sie sich fest vorgenommen hatte, die Liebe nicht bremsen durfte. Derjenige, der sie liebte, würde ihr das lassen. Und Jakob ließ es ihr, nicht gönnerhaft, sondern genauso, wie sie ihn Tischler sein ließ, ohne ihn zu etwas Einträglicherem zu überreden.

Keine Flitterwochen also. Eine Hochzeit im grauen November, unromantisch, aber als sie ja sagte, wusste sie, dass Nebensächlichkeiten letztendlich nicht zählten. Sie würden sich haben, und sie würden einander mit reinem Gewissen in die Augen sehen können. Ihr Schleier, ihr weißes Kleid wäre keine Heuchelei, sondern würde bedeuten, was es bedeuten sollte: Reinheit. Vielleicht war dieser behutsame Umgang mit dem eigenen Gewissen der Hauptgrund dafür, dass sie sich für ein Gesetz entschieden hatten, das ihren Körpern fremd war. Zu warten verletzte niemanden, es bedeutete nicht Lustverweigerung, sondern Luststeigerung, es zu tun hätte es verdorben, so wie ein Kind, das seine Geschenke frühzeitig aufstöbert, sich nicht mehr recht auf Weihnachten freuen kann.

Jakob Janzen und Elsa Janzen. Sie wurden ein Ehepaar, wie unweigerlich dem Frühling der Sommer folgt, und obwohl der Tag ihrer Hochzeit grau und neblig war, fanden sie voller Freude und Staunen zusammen. Vor allem Elsa staunte darüber, dass es möglich war, Ehefrau zu sein und trotzdem jung bleiben zu dürfen, sie wunderte sich über die Fragen der Verwandten, was denn nun mit ihrem Studium sei. Nichts war damit, es würde weitergehen wie bisher. Ihre Wohnung in der Nähe der Uni hatte sie zwar aus finanziellen Gründen aufgeben müssen, aber dann würde sie eben jeden Tag fahren. Und wenn sie spät abends nach Hause kam, hatte Jakob schon die Wäsche in die Waschmaschine gepackt und aufgeräumt. Sie trug kein Tuch, das ihre vorsichtige Schönheit zerstörte. Sie war in Jakobs Gemeinde eine unter vielen Ehefrauen, die lustig waren und hübsch anzuschauen und die dennoch ernsthaft glaubten. Untertan war sie nicht, sie hatte es auch nicht versprochen. Was sie versprochen hatte, war Liebe, und Liebe gab sie ihm genug, und Glück, und verlor sich trotzdem nicht bei aller Zweisamkeit.

Und ihr Glück heilte langsam die Angst, die irgendwo noch immer tief in ihr steckte: Was ist, wenn ich mich irre, wenn ich Gottes Wort missachte, weil ich mir das heraussuche, was mir passt, was ist, wenn …

Es heilte. Die Angst, verloren zu sein, heilte. Die Pflicht, tot zu sein, heilte. Sie war mit Jesus gestorben, aber sie war wieder mit ihm auferstanden, und nun lebte sie ein Leben, das, wie sie glaubte, nicht enden würde, ein ewiges Leben, von der schmerzhaften Erfahrung Tod zwar irgendwann berührt, aber nicht wirklich unterbrochen.

Sie schnitt sich die Haare ganz ab, tönte sie, trug Ohrringe. Übertrieben, sagten ihre Eltern. Aber sie übertrieb nicht; sie gefiel sich und ihrem Mann und war glücklich dabei. Es ging ihr nicht um Provokation, sondern nur darum, sie selbst zu sein. Mehr war nicht nötig. Sie war ein Ich, ohne sich deswegen schuldig zu fühlen. Sie versuchte, ihre Vergangenheit abzulegen, die schmerzenden Jahre der Gefangenschaft, des Totseins.

„Wie Löwen", sagte sie zu Jakob, als sie an ihrem Fenster die Prozession der Gläubigen vorüberziehen sah, die zum Sonntagnachmittags-Gottesdienst pilgerten. Ihre bunten Kleider und Tücher und die kleinen Mädchen, die man vom Spielen zurückgerufen hatte, die jungen Mädchen in flachen Schuhen und langen Röcken mit der Hoffnung auf einen Blick oder ein Wort von jemandem, der ihnen gefiel. „Gezähmt."

„Was sollten sie sonst sein?"

„Frei", sagte Elsa. „Sie alle sollten frei sein. Glaubst du, ich wüsste nicht, warum sie zur Versammlung gehen? Weil es sich so gehört. Um da gewesen zu sein. Nicht der geistlichen Nahrung und des Segens wegen; diese vielen Predigten kann sowieso keiner verinnerlichen und behalten. Aber sie waren da, und darauf kommt es an."

„Zur Freiheit berufen", sagte Jakob. „Reg dich nicht auf, Schatz. Für dich ist das vorbei, für sie kannst du's nicht ändern."

„Ich würde es gerne ändern. Ein Rudel Löwen in der Hand von ein paar Clowns."

„Lass das bloß keinen hören."

„Dompteure, Clowns – ist doch egal, wie ich es nenne. Die Brüder, die ihnen sagen, was sie zu glauben und zu tun und zu denken haben."

„Ach ja", erinnerte sich Jakob, „da fällt mir was ein, was ich heute gelesen habe." Er holte ein dickes Buch aus dem Regal hervor, blätterte und las einen kurzen Abschnitt vor: „Wenn eine Regierung oder auch eine Kirche zu ihren Leuten sagt: ,Dies darfst du nicht lesen, dies darfst du nicht sehen, dies ist dir verboten zu wissen', ist das Endergebnis Tyrannei und Unterdrückung, ganz gleich, wie heilig die Motive sind. Sehr wenig Kraft ist notwendig, um einen Menschen zu kontrollieren, dessen Geist Scheuklappen angelegt worden sind."

„Was ist das denn?", fragte Elsa. „Ein Buch über die Brüdergemeinde?"

„Nein, nein", lachte er, „aber wenn jemand mal eins schreiben sollte, müsste es mit herein. Das ist Robert Heinlein. Science Fiction. Die Welt weiß, was Sache ist. Nur die Gläubigen wissen es nicht."

„Die Brüder schon. Sie verstehen ihr Handwerk."

Sie schwiegen. Irgendwie kam es ihnen nicht recht vor, so über andere Christen zu sprechen und Menschen, die eine schwere Verantwortung trugen, leichtfertig zu verurteilen. Es kam ihnen nicht recht vor, aber sie taten es trotzdem, und sie taten es nicht leichtfertig. Elsa kannte den Unterschied zwischen Zwang und Überwachung einerseits und andererseits zwischen einem Glauben, der auf der Liebe zu Gott beruhte und auf dem Vertrauen in Gottes Liebe.

„Wahrscheinlich empfinden sie es nicht alle so", meinte sie vorsichtig.

„Nein", sagte Jakob, den Blick wieder auf einen als Gläubigen erkennbaren Passanten gerichtet. „Offensichtlich nicht. Oder sie sind nur allzu gut dressiert."

„Von ein paar Clowns, die sich für Direktoren halten?"

„Nein, nein, sie wissen, dass der Direktor jemand anders ist."

„Gott als Zirkusdirektor? Der Vergleich gefällt mir nicht. Gott wartet draußen vor dem Zelt."

„Aber die Show geht nie zu Ende."

„Meinst du nicht? Aber das Ganze muss doch irgendwann zu Ende gehen? Es muss doch irgendwann eine Erneuerung geben, ich kann's mir nicht anders vorstellen."

Es ging sie nicht nichts an, was dort geschah. Elsa sah ihre Eltern und Geschwister und Oma und Opa, und es ging sie sehr wohl etwas an. So wie die anderen für sie beteten, da sie annahmen, sie habe ihren Glauben verloren, so betete sie für ihre Familie, sie möchten zu einem Glauben in Freiheit und ohne Angst finden. Sie betete für sie, denn mit ihnen zu sprechen oder gar zu diskutieren war unmöglich. Oft reichte ein einziger Bibelvers, das ganze Gespräch zu beenden. „Wenn jemand euch Evangelium predigt anders, als ihr es empfangen habt, der sei verflucht." Der Glaube musste bleiben, wie er war; das war biblisch, und Punkt.

Und dann starb ihr Opa. In der Friedhofskapelle aufgebahrt, war er für die Verwandten und die Geschwister aus der Gemeinde noch ein paar Tage zu sehen, und Elsa und

Jakob fuhren hin und sahen ihn sich an. Klein und müde und wächsern sah er aus, und sie hatte Mitleid mit ihm, obwohl er doch schon tot war, Mitleid mit seinem Leben ohne Fernseher und Zeitung und Bücher und Radio. Dafür hatte er Enkel gehabt und eine Frau, aber das alles schien Elsa nicht so viel zu wiegen wie der Umstand, dass er keine Zeitung hatte lesen dürfen. Und nun war er tot, entlassen in die Freiheit, ins Glück, und sie stellte sich den Himmel als etwas Herrliches, Wildes vor, als etwas Unvorstellbares, das die ganze künstliche Zahmheit und Enge freisprengen würde. Und sie trauerte mehr um sein Leben als um seinen Tod.

„Sie werden sterben", sagte sie zu Jakob, „die Alten werden sterben und den Weg frei machen. Ich wünsche ihnen nicht den Tod, natürlich nicht, aber er wird sie frei machen, und wenn sie gegangen sind, werden auch die Jungen frei sein."

„Das ist nicht wahr. Du weißt selber, dass das nicht stimmt. Lass den Alten ihre Tradition. Du kannst ihnen das nicht mehr nehmen. Und wenn die jungen Leute sich das auferlegen lassen, ist es ihr Problem."

„Nein", sagte sie, „nein, du verstehst nicht. Schon die Kinder … Sie leiden, sie leiden umsonst. Nicht für Gott. Für eine schal gewordene Tradition. Es muss doch einen Weg geben!"

„Nein", sagte Jakob, „nein, es gibt keinen Weg. Wir können dem höchstens aus dem Weg gehen und E. verlassen."

„Aber ich liebe meine Verwandten." Russlanddeutsche halten zusammen, wollte sie sagen, wir gehen nicht einfach so weg, wir bleiben zusammen, wir treffen uns, wir gehören zusammen. Vielleicht, dachte sie, wenn ich Arbeit finden würde in einer anderen Stadt, vielleicht dann, aber noch nicht, meine Eltern, Oma, ganz allein, noch nicht.

Als es klingelte, erschrak sie, denn es konnten nur Jakobs Schwester Maria mit ihrem Mann sein, die sehr oft zu Besuch kamen und immer unangemeldet, wie es schon in Russland üblich gewesen war. Elsa klappte ihr Buch zu, ohne sich die Seitenzahl zu merken, rief: „Machst du auf?" und stürzte vor den Spiegel. Der Lippenstift, den sie am Morgen aufgetragen hatte, war nicht mehr zu sehen, um das Augen-Make-up zu entfernen, war es zu spät. Was sie anhatte – es ging, es musste gehen. Mit der Hose mussten sie fertig werden. Sie strich ihre Haare über die Ohren und die sündigen Ohrringe. Im Flur hörte sie schon Stimmen, Jakob leicht belustigt, seine Schwester bemüht, ihr Entsetzen zu verbergen.

„Aber Jakob, du wirst dich erkälten, du kannst doch nicht im Unterhemd rumlaufen!"

„Kommt rein, ich bügel gerade mein Hemd."

„Am Sonntag? Und wo ist Elsa?"

Elsa setzte ihr süßestes Lächeln auf und machte sich daran, Schwägerin und Schwager zu begrüßen. Sie waren freundlich, aber ihre Augen verirrten sich immer wieder im stummen Vorwurf zu der Beinbekleidung der zu ihrem Leidwesen angeheirateten Verwandten. Sie sagten nichts – zu Hause würden sie beten –, aber Elsa kannte diese traurigen Blicke schon auswendig. Ende des 20. Jahrhunderts, dachte sie, und noch immer sind Hosen ein Skandal und Jeans eine Beleidigung. Sie versuchte, die Mischung aus

Ärger und schlechtem Gewissen herunterzuschlucken, denn die Gefühle der alten Leute (sie kamen ihr immer uralt vor, obwohl sie kaum dreißig waren), waren echt und aufrichtig, sie sagte sich das immer wieder, eindringlich: Lass sie doch, nimm's nicht so schwer. Trotzdem machte es sie immer noch wütend, dass so etwas wie Reflexion und eigenes Denken nicht stattfand. Sünde war Sünde. Argumente für oder gegen, das gab es einfach nicht. Weil ihre Generation von Leuten erzogen worden war, die so gut wie keine Schulbildung hatten und die nichts als Glauben kannten, den Glauben an ausgewählte Bibelverse und die Männer, die die einzig richtige Interpretation dazu lieferten, traf dies alles auch auf diejenigen zu, die hier in Deutschland aufgewachsen waren. Ihre Eltern hatten ihre eigene Welt mitgebracht. Wie Elsa daraus entkommen war, wie Jakob aus dieser Welt ausgebrochen war, das war und blieb ein Wunder. Wenn das Einzige, was man im Leben hatte, der Glaube war, wie schlimm war das?

„Setzt euch doch."

Sie nahmen Platz, wobei sie abwechselnd Elsa und Jakob am Bügelbrett ansahen. Maria war eine magere, dunkelblonde Frau und ungemein tüchtig. Bei ihr hatte Jakob bestimmt nicht Bügeln gelernt, und das Herz tat ihr weh, als sie ihn bei dieser Frauenarbeit sah. Es war nicht das erste Mal, dass sie ihren kleinen Bruder beim Im-Haushalt-Helfen und Elsa beim Faulenzen erwischt hatte (ein Buch zu lesen konnte ja nichts anderes sein), und alle bisherigen Versuche, ihm Bügeleisen oder Staubsauger abzunehmen, waren im Keim erstickt worden. Aber am Sonntag, das hatte es noch nicht gegeben. Sie sah zu und litt still, außerdem war sie es gewöhnt, still zu leiden.

Marias Mann hieß Viktor und war ein bisschen kleiner und noch dünner als sie. Er trug ernste Falten und ernste Gedanken mit sich herum; seine derzeitigen Gedanken gingen dahin, wie wenig die jungen Frauen heutzutage taugten. Anstatt ihnen etwas anzubieten, hatte Elsa sich zu ihnen gesetzt, klimperte mit den grässlich grünen Augenlidern und begann, von einem neumodischen Buch zu erzählen, das bestimmt nicht für sie geeignet war.

„Ist das ein christliches Buch?", fragte er.

„Nicht direkt", musste Elsa zugeben, „aber es sind viele wertvolle Ideen darin."

„Ich habe nie ein anderes Buch gelesen als die Bibel", sagte Jakobs Schwester stolz, „und die Andachtsbücher natürlich."

„Und den Kalender mit den Sprüchen", berichtigte Viktor.

„Ja, auch den. Und mehr Bücher braucht man auch nicht."

„Ich kann nicht studieren, ohne auch andere Bücher zu lesen", begann Elsa und wollte darauf zu sprechen kommen, dass sogar Bücher, die von Atheisten geschrieben worden waren, gute Gedanken enthielten, aber das Wort „Studium" löste in den beiden die schlimmsten Assoziationen aus, und Maria fragte schnell: „Wann bist du denn fertig damit?"

„In zwei Jahren." Sie hatte diese Frage schon so oft gehört und so oft beantwortet, dass sie am liebsten hinzugefügt hätte: „Schreib's dir auf." Aber das ging natürlich nicht. Mit Maria und Viktor konnte man nicht sprechen wie mit seinesgleichen, wie mit anderen jungen Leuten, man konnte nicht scherzen oder es auch nur versuchen.

„Aber wollt ihr denn wirklich so lange warten –‟ Was sich natürlich auf die Kinder bezog, auf die Nichten und Neffen, die sie sich von ihrem einzigen Bruder erhoffte. Es irritierte sie sehr, dass nach über einem Jahr Ehe noch keine vorhanden waren.

„Wenn Gott euch Kinderchen schenkt, dann brauchst du nicht mehr zur Schule gehen.‟

Elsa bekam Lust zu explodieren, aber Jakob sah von seinem Hemd auf und sagte freundlich: „Er wird uns bestimmt Kinder schenken, wenn er will.‟

Obwohl Maria wusste, dass die Umstände ungünstig waren und ihre Schwägerin einer anderen Gemeinde angehörte, in der das Kinderkriegen kein Muss war, hielt sie das nicht davon ab, Elsa die gleichen Pflichten zuzusprechen wie den anderen jungen Frauen, die sie kannte: Kinder zu bekommen, und zwar sofort. (Wozu sonst sind Frauen da?) Maria selbst war noch keine dreißig und hatte bereits fünf, die sie jedoch gerne anderswo unterbrachte, wenn ihr nach Besuchemachen zumute war.

„Und nach dem Studium‟, fuhr Elsa fort, „werde ich erst einmal arbeiten. Ich hab da gute Aussichten –‟

Sie wurde unterbrochen. Sie wollten nichts hören von Museen und Arbeit und Karriere oder was auch immer.

„Du bist ja eine Emanzipierte‟, sagte Viktor schockiert. Es war die schlimmste Beschimpfung, zu der er fähig war.

Elsa flüchtete in die Küche und fing an, mit wilder Genugtuung Kaffee zu mahlen, ein Geräusch, das jedes Gespräch unmöglich machte.

Als der Besuch endlich gegangen war, warf Elsa sich in Jakobs Arme und hatte Lust zum Weinen, aber keine Tränen kamen, und sie fing an, ein wenig hysterisch zu lachen.

„Aber Schatz", tröstete Jakob, „so schlimm? So sind sie. Du wirst sie nicht ändern können."

„Ich habe Angst, dass sie mich ändern. Oder dich."

„Das können sie nicht. Uns doch nicht."

„Und ich habe Angst", klagte sie weiter, „dass es so bleibt. Sie sind extremer als unsere Eltern, und ihre Kinder werden auch schon so. Letzte Woche hat der kleine Thomas zu mir gesagt: Du kommst nicht in den Himmel, weil du Ohrringe hast."

„Und das hast du so stehen lassen?"

„Natürlich nicht. Ich wollte ihm erklären, dass es nur auf den Glauben ankommt, aber da kam gerade deine Schwester herein, und wie sie mich angesehen hat!"

„Sie hat mich früher auch immer so angesehen, wenn ich Unsinn gemacht habe. Der Du-gehst-ewig-verloren-Blick."

„Genau so. Und sie ist nur ein paar Jahre älter als wir!"

„Es hat wohl mit dem Alter nichts zu tun."

Sie schwiegen beide. Plötzlich begann Jakob zu lachen. „Weißt du, was Viktor gesagt hat, bevor sie gingen?"

„Nein, was denn?"

„Ich soll ein bisschen strenger zu dir sein. Nicht vergessen, dass ich das Familienoberhaupt bin."

„Aber du hast eine Emanzipierte geheiratet. Auch das solltest du nicht vergessen." Sie versuchte, es lustig zu finden, aber da alle Verwandten das Wort „Oberhaupt" bitter ernst nahmen, war sie immer ein bisschen empfindlich, sobald jemand das Thema zur Sprache brachte. „Ja, eine

Emanzipierte. Und wenn ich einen guten Job habe und Gott uns Kinderchen schenkt, dann kannst du ja mit denen zu Hause bleiben."

„Natürlich", sagte er, „was meinst du, warum hätte ich sonst eine Studierte heiraten sollen?"

Sei lustig, baten seine Augen, freu dich, wir haben einander und wir leben. Mach dir keine Sorgen, was die anderen denken. Wir gehen unseren Weg.

Wie schwer ist es, die Angst zu verlernen. Wie lange dauert es, das Totsein zu vergessen, es mit dem Leben zu versuchen, wie mühsam ist es, die Welt zu lieben, den Tod im Nacken.

Hasst du diese Stadt, fragte er manchmal, sind da nicht zu viele Wunden, sind da nicht zu viele Brüder und Schwestern, die du nicht liebst.

Aber ich liebe sie, erwiderte sie dann, ich liebe sie alle, ich kann nicht anders. Die alten Omas mit den argwöhnischen Augen, die glatzköpfigen Opas, die in Bibelversen sprechen, ich liebe sie mit der Liebe des Kindes, das anhänglich wird an die Stimme, die ihm Geschichten erzählt und Lieder vorsingt. Die Stadt E., das sind die Bethäuser ebenso wie das Rathaus und das Bürgerhaus, das sind die Moslems ebenso wie die Vertriebenen aus Schlesien und Ostpreußen, und vor allem sind es für mich die Russlanddeutschen, die Mennoniten, und wenn ich ihr Platt auf der Straße höre, bin ich zu Hause.

Aber ich hasse sie, sagte sie, die Stadt hasse ich, will sie abstreifen, frei werden will ich von ihr, von allen, die meine ersten zwanzig Jahre vergiftet haben und geprägt mit beidem, mit Wärme und Furcht. Und in Liebe und Hass bleibe ich, solange ich kann, und gehe erleichtert, sobald es notwendig ist, und vielleicht bin ich dann frei, und vielleicht werde ich nie frei sein, und vielleicht bin ich jetzt schon frei.

NACHWORT

Zu diesem Buch

Ich schreibe dieses Buch für die Stadt E. Und obwohl dort die Meinung verbreitet ist, nur ein wahres Buch sei ein lohnenswertes Buch, möchte ich von vornherein zugeben: Dieses Buch ist nicht wahr. Es ist ein Roman, eine erfundene Geschichte, die niemals stattgefunden hat, außer in meiner Phantasie.

Meine Hauptperson Elsa Epp gibt es nicht; ich möchte besonders betonen, dass ich es nicht selbst bin. Dies ist kein autobiographischer Roman, und obwohl ich einiges von dem, was ich Elsa denken lasse, ebenfalls gedacht habe, so doch keinesfalls alles. Ich habe dieser Figur die Freiheit gelassen, eine eigene Persönlichkeit zu entwickeln und Ansichten zu äußern, die mit meinen eigenen nicht unbedingt identisch sind. Mein eigenes Leben ist ganz anders verlaufen als Elsas und meine eigene Familie unterscheidet sich grundlegend von ihrer. Ich komme nicht aus einer so strenggläubigen Familie, in der alles verboten war, ich bin nicht in einer strengen Gemeinde aufgewachsen.

Dennoch habe ich einige Eindrücke während einer ca. einjährigen Mitgliedschaft gewinnen können und mir viel von anderen, die tiefer dort drinsteckten als ich, erzählen lassen.

Es handelt sich also um eine erfundene Geschichte mit erfundenen Menschen, aber obwohl es die Ereignisse in dieser Kombination nie gegeben hat, so doch einige von ihnen

196

in anderen Zusammenhängen. Ich habe diese Geschichte aus dem konstruiert, was ich selbst erlebt oder von anderen gehört habe. Ich halte diese Berichterstatter für glaubwürdig, doch kommt es gar nicht so sehr darauf an. Es kommt auch nicht darauf an, dass manches veraltet sein mag, sich inzwischen gewandelt hat – ich bezweifle allerdings, dass sich viel verändert hat –, es kommt nicht so sehr darauf an, ob es jemals eine Braut gab, die ihr Kleid „ausbessern" musste oder ob ein bestimmtes Gebäck verboten worden ist. Das alles sind nur Beispiele für die blinde Bereitschaft der Gläubigen, auch die absurdesten Verbote mit einer Selbstverständlichkeit und Bereitwilligkeit zu akzeptieren, die ich erschreckend finde. Es gibt keine Privatangelegenheiten mehr, wenn der ganze Mensch und sein ganzes Leben von anderen Menschen überwacht und bestimmt werden – wenn der Glaubende nicht mehr in der ihm von Gott gegebenen Verantwortung denkt und entscheidet, sondern sowohl das Denken als auch das Entscheiden anderen überlässt.

Dass eine jede Gemeinde sich von der anderen unterscheidet, sollte klar sein; meine fiktive Roman-Gemeinde ist kein Modell für alle echten Gemeinden. Trotzdem wird vielleicht einiges aufgezeigt, was besonders für Außenstehende interessant ist.

Noch ein Hinweis: Nicht nur Elsa ist erfunden, sondern ebenso die übrigen Charaktere, und falls sich jemand wiederzuerkennen glaubt, dann deshalb, weil dort, wo Menschen darauf programmiert werden, etwas Bestimmtes zu denken, sich bald alle Gedanken und irgendwann auch alle Menschen ähneln.

Und eine Bemerkung zu den Namen: Da ich bemüht war, besonders typische Namen zu wählen, kann es sehr gut sein, dass es tatsächlich Träger der hier vorkommenden Vornamen- und Nachnamenkombinationen gibt. Diese seien versichert, dass ich sie nicht gemeint habe.

Die Predigt aus Kapitel 10 habe ich gekürzt und die gröbsten Sprachschnitzer verbessert; ansonsten handelt es sich um die Wiedergabe eines Gottesdienstes, der während eines Tauffestes in den 80er Jahren abgehalten wurde.

Die Ausführungen von Jakobs zweitem Opa (Kapitel 14) entstammen teilweise wörtlich den Aufzeichnungen eines Zeugen, der nicht genannt werden möchte.

Elsas Emanzipationsweg ist eine Wunschvorstellung: Ich wünsche mir, dass die Menschen in solchen Gemeinden und Gemeinschaften, egal wie sie sich nennen, den Mut aufbringen, sich aus dieser Enge zu befreien und die Scheuklappen abzulegen, dass sie es wagen, selbst zu denken, eine eigene Meinung zu haben, dass aus dem strengen Beäugen und Verurteilen anderer Christen und Nichtchristen mehr Toleranz, Nachsicht und Nächstenliebe wird. Und ich wünsche mir, dass der Weg in die Freiheit nicht zum Weg ins Nichts wird, dass nicht der Glaube selbst über Bord geworfen wird; Gott ist kein Kerkermeister und der Glaube an ihn kein Gefängnis.

Über die Mennoniten-Brüdergemeinden

Die Mennoniten-Brüdergemeinden sind ein Phänomen. Allein in E., einer Stadt mit ca. 30.000 Einwohnern, gibt es fünf oder sechs Varianten: Abspaltungen, Rückgekehrte, voneinander Unabhängige und Abhängige ... Während die großen Kirchen über Austritte und mangelndes Interesse klagen, wachsen die Brüdergemeinden, was die Zahl der einzelnen Gemeinden wie die der Mitglieder betrifft; während in der Evangelischen und Katholischen Kirche viele rein nominell dazugehören, indem sie ihre Kirchensteuer bezahlen, sind die Brüdergemeindler tatsächlich anwesend, engagiert und gläubig, zahlungswillig und mit Herz und Seele dabei.

Allerdings entsteht der Zuwachs entweder durch neu eingetroffene Aussiedlerfamilien oder durch bekehrte Kinder aus den eigenen Reihen. Denn Familienangehörige gehören, auch wenn sie die Kirchenbänke füllen, nicht automatisch dazu. Erst mit der eigenen Entscheidung zur Taufe ab sechzehn Jahren kann man Mitglied werden. Wer diese Entscheidung nicht trifft, kehrt der Gemeinde und meistens auch dem Glauben ganz den Rücken zu.

Dass in den Brüdergemeinden die Aussiedler fast ausschließlich unter sich bleiben, legt die Vermutung nahe, dass es sich um eine aus Russland mitgebrachte Institution handelt. Ich stelle die Behauptung auf, dass es weniger um gelebtes Christsein als um eine aus einer Diktatur hinübergerettete Tradition geht – um eine christliche Sekte, die ihren Mitgliedern dermaßen strenge Verhaltensregeln auferlegt, wie sie niemand, der in einer Demokratie aufgewachsen ist, der in einer durchschnittlichen deutschen Familie erzogen wurde, auf sich nehmen würde oder könnte, ohne daran zu zerbrechen.

Struktur und Aufbau

Die Mennoniten-Brüdergemeinde, kurz MBG, hat an der Spitze den „Ältesten" stehen, der nach seiner Berufung in dieses Amt es meist lebenslänglich behält. (Der einzige Grund, ihn abzusetzen, sind ungläubige Kinder; wer seine eigene Familie nicht im Glauben führen kann, kann es erst recht nicht in der Gemeinde.) Wahlen finden nicht statt. Aufgrund der langen Amtszeit besitzt der Älteste eine ungeheuer große Autorität und prägt das Gesicht seiner Gemeinde entscheidend; inoffiziell ist die Gemeinde häufig nach ihm benannt. Der Älteste ist der einzige hauptamtliche Mitarbeiter, jedenfalls in den größeren Gemeinden, die mehrere hundert Mitglieder haben. Ihm zur Seite steht sein Stellvertreter. Beide sind die wichtigsten Mitglieder des „Bruderrats", die über die Angelegenheiten der Gemeinde entscheiden. Sie, zwölf an der Zahl, werden nicht gewählt, sondern aufgrund von Vorschlägen aus der Gemeinde vom Ältesten ernannt. Ihr Platz ist ganz vorne, mit dem Gesicht zur Gemeinde, so dass sie die Gläubigen während der Veranstaltungen im Auge haben. Ältester und Bruderrat brauchen keine theologische Ausbildung vorzuweisen.

Die Gemeindemitglieder, zu denen nur die getauften Jugendlichen und Erwachsenen zählen, kommen in regelmäßigen Abständen zu den sogenannten „Gemeindestunden" zusammen. Hier wird per Handzeichen u.a. über das Schicksal von auffälligen Glaubensgeschwistern entschieden. Diese Abstimmungen fallen meist einstimmig aus, da sie nicht geheim sind und man sich an der Einstellung des Ältesten für die eigene Entscheidung orientiert. Einmal im Jahr wird jedes Mitglied von zwei Brüdern zu Hause besucht. Wer einige Male nicht da war oder das Abendmahl nicht genommen hat, hat sehr schnell mit einem solchen Besuch zu rechnen. Es ist unmöglich, unbemerkt zur Karteileiche zu werden.

Die einzelnen Gemeinden sind in verschiedenen Verbänden zusammengeschlossen, darüber hinaus meiden sie jedoch den Kontakt mit anderen christlichen Konfessionen. Jugendtreffs, Freizeiten, Konferenzen werden mit MBGs aus anderen Städten zusammen abgehalten.

Rechtlich haben die Gemeinden oft den Status eines eingetragenen Vereins inne. Sie finanzieren sich aus freiwilligen Spenden, über deren Höhe jeder selbst entscheiden kann, doch wird dazu aufgefordert, den Zehnten vom Gehalt zu geben. Da die Beträge vielfach nicht überwiesen werden, sondern in die sonntägliche Kollekte gegeben werden, gibt es dafür nicht einmal Spendenbescheinigungen. Die Freigebigkeit der Gläubigen ermöglicht ihnen den Bau großer Bethäuser, die die großen Menschenmassen fassen können. Diese Häuser erinnern äußerlich weniger an Kirchen als an überdimensionale Einfamilienhäuser und sind drinnen schlicht mit Reihen gepolsterter Bänke, einer Empore für Chor, Bruderrat und Kanzel ausgestattet; im Keller befinden sich die Räumlichkeiten für die in der Woche stattfindenden Kinderstunden und für Feiern wie Hochzeiten und Beerdigungen.

Die „Versammlungen" für alle finden mehrmals in der Woche statt: am Sonntagmorgen anderthalb bis zweistündig, am Sonntagnachmittag von 17 bis ca. 18 Uhr, außerdem in der Woche die Bibelstunde, für Chorsänger die Chorprobe, für Jugendliche die Jugendstunde usw. Man sollte alle Veranstaltungen besuchen, wobei die Anwesenheit wichtiger ist als die Frage, was man an geistlicher Nahrung überhaupt behalten und verarbeiten kann. Was die drei Prediger pro Gottesdienst sagen, wird nicht hinterfragt. Frauen und Männer sitzen in den strengeren Gemeinden getrennt.

Das Gemeindeverständnis

Dazu ein Auszug aus der Gemeindeordnung:

„Die Gemeinde ist der Stützpunkt der ewigen, wirklichen Welt in dieser Welt der Vergänglichkeit.

Unsere Erde ist nicht unsere Heimat, sondern Feindesland. Sie ist buchstäblich eingekesselt von den Mächten der Finsternis."

Die rigorose Trennung von Welt und Gemeinde führt zu einem starken Jenseitsbezug. Für das Leben auf der Erde wird wenig erhofft, mit schlimmen Erlebnissen wird gerechnet. Das Leiden in dieser Welt ist jedoch nichts als eine notwendige Vorbereitung auf das nächste Leben. Gehorsam gegenüber der Gemeinde und den leitenden Brüdern wird vorausgesetzt, nicht nur in Fragen des Glaubens, sondern auch des Lebens, da beides untrennbar miteinander verknüpft ist.

Bekehrung, Taufe, Abendmahl, Gebet

Was den Menschen selig macht, ist nicht die Zugehörigkeit zu einer Glaubensgemeinschaft, sondern die persönliche „Bekehrung", in der der Mensch sich bewusst für Gott entscheidet. Einem Bewusstwerden der eigenen Sündhaftigkeit folgt die Inanspruchnahme des Leidens und Sterbens Jesu als stellvertretend für einen selbst. Das eigene Leben gehört nun Gott, für ihn will der Bekehrte leben und sich nach seinem Wort richten.

Getauft werden Erwachsene und Jugendliche ab fünfzehn oder sechzehn Jahren, die vor der ganzen Gemeinde in einem „Zeugnis" die Ernsthaftigkeit ihrer Bekehrung glaubhaft gemacht und sich einer intensiven Befragung unterzogen haben. Getauft wird durch vollständiges Untertauchen, wobei das Sterben und Auferstehen mit Jesus Christus ausgedrückt werden soll, etwas, das bereits in der Bekehrung geschehen ist. So ist die Taufe ein Teil der Bekehrung, der Buße und Hinwendung zu Gott, und macht nicht selig.

Das Abendmahl hat eine vierfache Bedeutung: Es erinnert an das Leiden und Sterben Jesu, es macht die Gemeinde zu einer Einheit, es drückt die Hoffnung auf Gemeinschaft im Himmel aus, und es dient zur Verkündigung des Erlösungswerkes. Teilnehmen dürfen nur die, die diese Wahrheiten bereits verinnerlicht haben, d.h. glauben und getauft sind. Wer z.B. gerade mit einem anderen Gemeindemitglied Streit hat, sollte Kelch und Brot an sich vorübergehen lassen. Beste Voraussetzung, um dauerhaft würdig zu sein, ist ein Leben in „Hingabe an Gott und Absonderung von der Welt." Das Abendmahl darf nur in solchen Gemeinden zu sich genommen werden, die ebenfalls den Grundsatz haben, nur Glaubende daran teilnehmen zu lassen.

Beim Abendmahl wird das von einer Jungfrau gebackene Weißbrot von den Brüdern vor der versammelten Gemeinde gebrochen, wobei es nicht geschnitten werden darf. Die Teller mit den Brotstückchen und der Weinkelch werden in die Reihen gereicht, alle stehen auf, reichen es weiter, essen oder trinken und beten noch eine Weile stehend, bevor sie sich wieder setzen.

Obwohl beim Gebet die innere Haltung wichtiger ist als die äußere, wird auch darauf viel Wert gelegt. So wird nicht im Sitzen gebetet, sondern im Stehen oder seltener im Knien, die Augen sind zu schließen und die Hände zu falten. Verheiratete Frauen müssen beim Gebet eine Kopfbedeckung tragen.

Nur Männer predigen, taufen, teilen das Abendmahl aus und sammeln die Kollekte ein.

Gemeinderegeln

Geschriebene Regeln gibt es gar nicht so viele. Hier die Abschrift der „Christlichen Gemeinderegel" einer bestimmten MBG (auf die dazugehörigen Bibelverse habe ich hier verzichtet):

„Die Gemeinde erwartet von ihren Mitgliedern:
Dass sie ihren Wandel, dem Worte Gottes gemäß, in der Zucht des Herrn führen.

1. Den Sonntag heiligen.
2. Die Hausandacht und das öffentliche Tischgebet pflegen.

3. Die Versammlungen nicht versäumen.
4. Sich gegenseitig ermahnen und ermahnen lassen.
5. Sich nach dem Worte Gottes mit Scham und Zucht schmücken.
6. Sich enthalten von Alkohol, Tabak und Rauschmittel.
7. Nicht ein Ehebündnis mit Ungläubigen schließen.
8. Sich enthalten von allen Irrlehren.
9. Sich beteiligen am Heiligen Opfer.
10. Innere Angelegenheiten der Gemeinde nicht verbreiten, denn die Gemeinde ist ein geschlossener Garten."

Das letzte Gebot ist eines der wenigen, die nicht funktionieren; die Gerüchteküche ist ständig am Brodeln.

Die ungeschriebenen Gesetze sind weitaus zahlreicher. Sie sind je nach Gemeinde unterschiedlich, die Grundtendenzen dürften jedoch dieselben sein.

<u>Haare und Kopf:</u>

Frauen
- ein Kopftuch für Verheiratete oder eine Wollmütze Jüngere falten ihr Tuch zu einem dünnen Streifen
- ein Hut ist untersagt (nur in fortschrittlicheren Gemeinden erlaubt)
- die Haare dürfen nicht geschnitten werden
- sie dürfen nicht offen getragen werden (Zopf oder nicht herabhängend am Kopf hochgesteckt oder mit einem Gummi in Hals- oder Rückenhöhe zusammengebunden)
- kein Pony

- keine Dauerwelle
- nicht färben oder tönen
- im Idealfall sind im Gesicht keine Haare zu sehen
- keine Ohrringe (geschweige denn Nasenringe usw.)
- kein Schmuck (außer Broschen und Eheringen, und sogar die geraten hin und wieder ins Kreuzfeuer)
- kein Make-up

Männer
- kein Bart
- kein moderner Haarschnitt
- keine langen Haare
- keine Ohrringe, kein Schmuck

Kleidung:

Frauen
- Röcke und Kleider (ein Argument unter vielen: die weibliche Figur auf den Toiletten- und Straßenschildern)
- niemals Hosen, nicht einmal zum Radfahren oder Schlittschuhlaufen (allerdings darf man in diesem Fall eine Hose unter dem Rock tragen)
- der Rock muss über das Knie gehen, kein langer Schlitz
- kein tiefer Ausschnitt, keine durchsichtigen Blusen, die Bluse darf die Knöpfe nicht hinten haben
- über dem BH ist ein Unterhemd zu tragen
- keine zu langen oder zu kurzen Ärmel

- hochhackige Schuhe gelten als „Sexschuhe" und sind natürlich verboten (wer kurze Haare hat und schwarze Strümpfe trägt, ist eine Nutte ...)
- jede Anpassung an die Mode wird ungern gesehen, daher schaffen es MBG-Frauen selbst in Zeiten, in denen lange Röcke modern sind, altmodisch auszusehen

Männer
- keine Jeans
- Männer dürfen ihren Oberkörper nicht entblößen (daher ist Urlaub am Strand sowieso schon verboten)

Gesellschaftliches

- keine Vereinsmitgliedschaft
- unchristliche Bekannte und Freunde sind überflüssig (sie könnten einen vom rechten Weg abbringen, allerdings darf man sie als Missionsobjekte betrachten)
- kein Tanzen, keine Disco
- kein Kino, kein Theater (im Gottesdienst aufgeführte Anspiele heißen „Deklamationen" und werden eher aufgesagt als gespielt)
- kein Fernsehen (ganz besonders teuflisch sind die Satellitenschüsseln, auf denen SatAn steht)
- keine Rockmusik (auch solche von christlichen Interpreten wird abgelehnt)
- Literatur: vor allem die Bibel und christliche Bücher, alles andere ist überflüssig
- Bildung wird nicht gerne gesehen, könnte zu Stolz und Überheblichkeit führen, selbst überdurchschnittlich be-

gabte Kinder werden selten aufs Gymnasium geschickt, an Studieren ist da natürlich nicht zu denken
- Berufe sind für Frauen nicht wichtig, Verkäuferin reicht, bis man verheiratet ist, beliebtester Beruf ist der der Krankenschwester (obwohl auch das in die Kritik geraten ist, denn Frauen sollten keine nackten Männer waschen)
- kein Glücksspiel, kein Lotto
- kein Kartenspiel

Ehe und Sex
- abgelehnt wird die Sexualaufklärung von Kindern in der Schule
- Kinder dürfen nicht auf Schulausflüge mit, weil dort Orgien befürchtet werden
- selbst die Rötelnimpfung ist suspekt, weil die Mädchen das als Freibrief für eine Schwangerschaft missverstehen könnten
- kein Sex vor der Ehe (in einer Gemeinde werden sogar stichprobenartig ärztliche Atteste verlangt, die die Jungfräulichkeit beweisen)
- wo eine Freundschaft entsteht, wird eine sofortige Verlobung erwartet; Verlobungszeit: drei Monate, dann wird geheiratet
- während der Freundschaft sollte man sich nicht zu oft sehen, einmal in der Woche reicht, damit man sich viel zu erzählen hat und nicht auf dumme Gedanken kommt
- zwischen einem unverheirateten Paar sollte eine Elle Abstand sein

- in der Ehe ist die Frau dem Mann untergeordnet, er hat das Sagen und trägt die Verantwortung
- klare Rollenzuweisung, Aufteilung in Frauen- und Männerarbeit
- Mutterliebe wird für die größte Liebe gehalten, aber da so viele Kinder da sind, werden sie oft kaum erzogen, spielen den ganzen Tag auf der Straße und erziehen sich gegenseitig
- keine Verhütung erlaubt, daher die große Kinderzahl

Diese Liste erhebt keinen Anspruch auf Vollständigkeit; außerdem möchte ich in Erinnerung rufen, dass nicht jede MBG die Einhaltung aller dieser Regeln fordert, manche mögen dagegen noch eine Reihe zusätzlicher haben.

Ein geschichtlicher Rückblick

Um die Einstellung des einzelnen Gläubigen und des gesamten MBGtums verstehen zu können, ist es wichtig, die Hintergründe zu kennen. Dazu ist ein kleiner Rückblick in die Geschichte notwendig – die des Täufertums und die der Russlanddeutschen.

Als Zweig der Reformation spalteten sich die Täufer von der Staatskirche ab, ohne sich mit Luther zusammentun zu können. Zu groß waren die Differenzen. Während Luther die Rechtfertigung des Menschen durch den Glauben allein betonte, waren die Täufer der Meinung, der Glaube müsse sich in christlichen Werken zeigen; Glaube und Werke gehören untrennbar zusammen, das eine oder das andere ist für sich allein wertlos. Während Luther den freien Willen des Menschen leugnete, erklärten die Täufer, dass es zwar auf Gottes Gnade ankommt, der freie Wille jedoch diese Gnade annehmen oder ausschlagen kann. Während Luther auch das Protestantentum zur neuen Staatskirche werden ließ, beharrten die Täufer auf einer vom Staat unabhängigen christlichen Gemeinde. Nicht die Obrigkeit darf in Glaubensangelegenheiten entscheiden, sondern die Bibel ist Richtschnur für Glauben und Leben. Nicht Taufe und Abendmahl machen selig, sondern die eigene Entscheidung für Gott und das neue Leben, das er schenken kann. Die Taufe sollte daher nur aufgrund vorausgegangener Buße und eigenen Glaubensbekenntnisses erfolgen.

Ein weiterer Grundsatz der Täufer war die absolute Wehrlosigkeit, was sich auch darauf erstreckte, dass man nicht in eigener Sache vor Gericht ziehen sollte. Sie leisteten keine Eide, sondern jedes ihrer Worte sollte Gültigkeit haben. Die Trennung von Staat und Gemeinde führte auch dazu, dass kein Gläubiger ein weltliches, „obrigkeitliches" Amt innehaben sollte. In der Gemeinde sollten alle füreinander einstehen und die Armen versorgen.

In einer Zeit, in der der Staat über den Glauben seiner Bürger entschied, hatten sie schlechte Karten. Sie wurden verfolgt, gefoltert, hingerichtet, auf die Galeere geschickt oder verbannt. Ziel war die völlige Ausrottung des Täufertums, und das Märtyrerblut floss reichlich. Immer wieder gab es deshalb Auswanderungen aus der Schweiz, Österreich und Süddeutschland nach Mähren, in die Niederlande, ins Elsass, nach Preußen. Als das Täufertum nach Norddeutschland gelangte, fand das statt, was in den Geschichts-

büchern nicht selten der einzige Eintrag zum Thema Täufertum ist: die Schreckensherrschaft der Wiedertäufer in
Münster (1534–35), bei der alle, die sich nicht taufen lassen
wollten, umgebracht oder aus der Stadt getrieben wurden.
Was den Grundsätzen der vielen friedlichen Täufer aufs
Schärfste widersprach, nämlich der Zwang zum Glauben
und die Aufgabe der Wehrlosigkeit, wurde so im Blick der
Öffentlichkeit einer Glaubensrichtung angelastet, die sicher
nicht als Ganzes dafür verantwortlich war. Neue Verfolgun-
gen setzten ein. Die „echten" Taufgesinnten der Niederlande und Norddeutschlands begannen sich um den vormals
katholischen Pfarrer Menno Simons zu scharen, und sein
Name ging auf sie über: Mennoniten nannten sie sich nun.

Ende des 17. Jahrhunderts trennten sich die Amischen
(u.a. bekannt aus dem Film „Der einzige Zeuge") von den
übrigen Täufergemeinden ab. Sie traten gegen moderne Kleidung ein und wollten statt Knöpfen Haken und Ösen ver-
wenden. Auswanderungen nach Nordamerika setzten bereits
Mitte des 18. Jahrhunderts ein.

Aber auch Russland wurde für die Mennoniten attraktiv.
Als Zarin Katharina II im Jahr 1763 ihren Landsleuten Boden und kommunale Eigenständigkeit versprach, freie Reli-
gionsausübung, Befreiung vom Militärdienst und anderes
mehr, waren unter den 100.000 Auswanderern auch viele
Mennoniten, darunter der ganze „Überschuss" der westpreu-
ßischen Mennoniten, die nach einem neuen Erlass kein neues Land in Westpreußen erwerben durften. Die Auswande-
rung war oft der einzige Weg, um weiterhin als Mennoniten
leben zu können. Nach dem Tod Katharinas der Großen
bestätigte Zar Paul I die Privilegien der Mennoniten: Reli-

gionsfreiheit, Anerkennung von „Ja" und „Nein" anstatt eines Eides, für alle Zukunft Befreiung vom Wehrdienst. Daraufhin zogen weitere Mennoniten nach Russland und gründeten dort Dörfer an der Molotschna (Ukraine).

Streng nach Konfessionen aufgeteilt gründeten die neuen Siedler Dörfer mit einer eigenen Verwaltung, eigenen Schulen und Kirchen, in denen nur Deutsch bzw. Mundart gesprochen wurde. Die Sprache der umliegenden Völker blieb draußen. Bei diesen anderen Völkern in Russland waren die Deutschen sehr geschätzt, die deutschen Tugenden wie Fleiß, Ordentlichkeit, Sparsamkeit kamen hier gut an. Für die Wirtschaft Gesamtrusslands erlangten die Deutschen eine große Bedeutung. Den russischen Beamten waren die Kolonisten nicht direkt unterworfen, zwischen ihnen und der Regierung befand sich eine Zwischeninstanz. So bildeten sie eine Art Staat im Staate, wobei sie allerdings auch ihre Obrigkeit stellen mussten und zumindest die Mennoniten einen ihrer Grundsätze aufgaben. Folge des Lebens in einer Kolonie war auch, dass Religions- und Volkszugehörigkeit verwischten und das geistliche Leben zu verflachen begann.

Aus dieser Misere entstand die Brüdergemeinde als neue Reformation. 1860 erklärten 18 Familien ihren Austritt aus der Mennoniten-Gemeinde und gründeten die Mennoniten-Brüdergemeinde, in der sie die verloren gegangenen Glaubensregeln wieder aufrichten wollten. Wie früher verlangten sie das persönliche Glaubensbekenntnis vor der Taufe, nicht das automatische Taufen der Herangewachsenen. Aus der Besprengungstaufe wurde nach baptistischem Muster das Untertauchen.

Wenig später wurde die für ewige Zeiten versprochene Wehrfreiheit aufgehoben, woraufhin ein Teil der Mennoniten nach Nordamerika auswanderte, andere zogen nach Mittelasien. Denen, die sich zum Bleiben entschlossen, kam die russische Regierung auf halbem Wege entgegen. Statt des Wehrdienstes wurde den jungen Männern Forstarbeit aufgebürdet, die sie außerdem selbst zu finanzieren hatten.

Schlimm wurde es mit Ausbruch des Ersten Weltkrieges. Um diese Zeit betrug die Zahl der Mennoniten in Russland 120.000 in etwa 400 Dörfern (Gesamtzahl der Russlanddeutschen 1914: 1,7 Millionen). Sie besaßen über 15.000 qkm Land. Das und die Tatsache, dass sie auch jetzt nur Forst- und Sanitätsdienst zu leisten hatten, ließ die Stimmung im Land, angestachelt von den fanatischen Panslawisten, umschlagen. (Dabei dienten 300.000 Deutsche in der zaristischen Armee.) Die deutsche Sprache wurde in Kirche und Presse verboten. Mit dem Machtwechsel und dem Regierungsantritt der Bolschewisten begann eine Zeit des Plünderns und des Terrors – wo Eigentum Diebstahl war, blieben auch die reichen Mennoniten nicht verschont: Enteignung, Verschickung der Männer nach Sibirien, Schließung der Kirchen und der Schulen.

Zwischen den Weltkriegen gab es eine kurze Zeit des Aufschwungs: die Wolgadeutsche Republik, genannt „Stalins blühender Garten", in der sich Bildung und Kultur entfalten konnten. Doch noch vor Beginn des Zweiten Weltkrieges wurden außerhalb dieser Republik alle deutschen Landkreise aufgelöst, die Unterrichtssprache wurde Russisch, die Kirchen geschlossen, die Gottesdienste verboten, die Geistlichen aller Konfessionen verhaftet. Im Zweiten Weltkrieg

wurde die Wolgadeutsche Republik aufgelöst, die Wolga-
deutschen nach Sibirien deportiert, zuerst die Männer, dann
die Frauen. Familien wurden auseinander gerissen. Die Ver-
bannten, Männer wie Frauen, mussten in Straflagern arbeiten, die von hohen Stacheldrahtzäunen umgeben waren.
Schwerste Arbeit, Hunger und Kälte ließen sie dort massen-
weise sterben.

Von 1945 an wurden die Deutschen in Russland totge-
schwiegen. Sie durften sich nicht aus ihren Verbannungs-
orten entfernen, mussten schwere Arbeit bei wenig Brot
leisten – auch Frauen arbeiteten als Holzfällerinnen, in Berg-
werken, in Kohlegruben, und das bei einer Brotration von
300 g täglich. Erst nach dem Besuch Adenauers in Russland
gab es die Russlanddeutschen wieder. Sie durften nun in
wärmere Gegenden umsiedeln, jedoch nicht in ihre alten
Wohngebiete zurückkehren. In den fünfziger Jahren gab es
wieder deutschsprachige Zeitungen und Radiosendungen,
und den ersten muttersprachlichen Unterricht, der jedoch so
rar gesät war, dass viele deutsche Kinder höchstens noch
die deutsche Mundart von den Eltern lernten. Trotz vieler
Verbesserungen blieben die Deutschen in Russland eine un-
terdrückte Randgruppe. Wer nach Deutschland ausreisen
wollte, musste mit Entlassung vom Arbeitsplatz, Schikanen
und sogar Gefängnis rechnen. Nach wie vor blieb es ein
Verbrechen, ein Deutscher zu sein.

In einem totalitären Staat an Gott zu glauben, brachte
zusätzliche Schwierigkeiten mit sich. Bis in die 80er Jahre
wurden Gläubige (auch russische) bespitzelt, verloren ihre
Arbeitsplätze, durften nicht studieren, konnten im Gefängnis landen, wurden gefoltert und ermordet.

Die Geschichte der Mennoniten ist geprägt von Verfolgung und Flucht, von Neuanfängen und dem Festhalten an ihrem Glauben, koste es, was es wolle. Als wanderndes Volk ersetzte die Gemeinschaft untereinander, die vertraute Art zu leben, die Heimat. „So sind wir, so machen wir es" – das half zu überleben. Zusammenzuhalten war in der Fremde besonders wichtig, miteinander zu beten und zu singen, Gottesdienste in deutscher Sprache abzuhalten. Das ermöglichte es ihnen, sich jahrhundertelang inmitten einer anderen Kultur und einer anderen Sprache das Eigene zu bewahren. Sie waren schließlich ausgezogen, um das alles zu behalten, nicht aus Abenteuerlust oder Gewinnsucht. Dadurch wurden ihre Bräuche jedoch so fest, dass es unmöglich wurde, ihren Sinn zu hinterfragen. Nicht so sehr der Glaube als die eigene Identität als Gruppe stand dann auf dem Spiel.

Wenn russlanddeutsche Mennoniten nach Deutschland kommen, dann um hier weiter als das zu leben, was schon lange auch in der ehemaligen Sowjetunion in Gefahr ist; sie kommen nicht, um sich hier einzufügen. Sie kommen nicht als Ausländer, denn das sind sie schon in Russland, in Kirgisien oder Kasachstan gewesen, sondern als das, was sie seit Jahrhunderten sind: als Siedler, als Aus-Siedler. Die lange Tradition, obwohl nicht unverändert geblieben, ist immer noch zu erkennen.

Viele ihrer Bräuche sind uralt. Der noch aus den Anfängen herrührende Grundsatz „Jedes Haus ein Gotteshaus" findet sich darin wieder, dass sich die Bethäuser kaum von normalen Wohnhäusern unterscheiden. Die puritanische Einfachheit des Gottesdienstes wurde zwar aufgegeben, aber immer noch wird das Einfache hoch geschätzt, so dass sogar Laienprediger gegenüber ausgebildeten Pastoren bevorzugt werden. Die „Ältestenbank", auf der vorne die leitenden Brüder sitzen, hat eine lange Tradition. Und wenn man von dem Entschluss der Pfälzer Mennoniten hört, „es sollte in Zukunft keine Kleidung mehr geduldet werden, die unordentlich nach der Weltweise ist", „Tabakrauchen oder Schnupfen", „Ball, Tanz, Kartenspiel und Komödien" seien verboten, klingt das sehr vertraut – aber das war zu Beginn des 19. Jahrhunderts! An diesem Beispiel kann man sehen, wie wenig sich in fast zwei Jahrhunderten verändert hat. Was damals schlimm war, ist es noch heute, was damals modern war, ist auch heute noch verdächtig. Manches ist neu – das Bartverbot, das Tuch oder die Wollmütze als Kopfbedeckung (vor einem Jahrhundert gab es noch schicke Häubchen), manches ist noch enger, noch strenger geworden.

Fazit

Dreierlei möchte ich aus all dem schließen.

Erstens. Den Glauben nicht nur als Kopfglauben und Katechismus zu verstehen, sondern Konsequenzen daraus zu ziehen und ein lebendiges, auf der eigenen Entscheidung beruhendes Christsein zu predigen, zusammen mit der Bereitschaft, dafür alles andere aufzugeben, das verlangt schon Bewunderung. Die Mennoniten haben sich nicht unterkriegen lassen und sich, wo die Verflachung des Glaubens absehbar war, um Erneuerung bemüht. Die Mennoniten-Brüdergemeinde ist daher keine Glaubensgemeinschaft, auf die man herabsehen dürfte. Wenn sie eine Sekte sein sollte, dann im gleichen Sinne wie auch der Protestantismus eine Sekte der Katholischen Kirche ist.

Zweitens. Das unbedingte Festhalten an ihrer Art zu glauben hat dazu geführt, dass aus früher tief empfundenen Wahrheiten Traditionen geworden sind, deren biblische Begründung nur ein Deckmantel ist. Das Unveränderbare, Starre, allem anderen gegenüber Feindselige ist zwar verständlich, wenn man sich die Geschichte ansieht, ändert jedoch nichts daran, dass die Gemeinden in vielen Dingen veraltet sind und die eigene Forderung, sich nach der Bibel zu richten, in dem, was sie tun und glauben, verraten. Es ist nicht der Fall, dass sich alle Mitglieder der MBGs in ihrer eigenen Subkultur wohl fühlen; vor allem die Jüngeren, die in Deutschland aufgewachsen sind, sind oft unzufrieden. Die Unduldsamkeit gegenüber allen von ihnen hervorgebrachten Wünschen, das systematische Überwachen und Ausmerzen aller aufrührerischen Regungen verhindert eine gesunde Veränderung, die den Kernglauben ja gar nicht zu betreffen bräuchte. Wer mehr Freiheit will, muss entweder gehen oder sich schweigend zurückhalten. Was Meinungsfreiheit angeht, die Chance, sich zu einer eigenständigen Persönlichkeit zu entwickeln, sind manche der MBGs leider doch als Sekten einzustufen (und besonders hier möchte ich betonen, dass man nicht alle gleichermaßen in einen Topf werfen sollte). Die Autoritätsgläubigkeit, die eingebläute Abhängigkeit von dem, was die Leiter sagen, führt zu einer völligen Verunsicherung, die man fast mit einer Gehirnwäsche gleichsetzen könnte. Das schlechte Gewissen, das man wegen so gut wie allem eingepflanzt bekommt, führt zu einer gewollten Einengung und Freudlosigkeit. Die Lieblosigkeit und Härte, mit der andere beurteilt und abgeurteilt werden, lässt die Frage zu, inwieweit die Gemeinden dem Geist des Christentums, das doch vor allem Liebe predigt, noch entsprechen. Ich selbst war nur ein Jahr lang Mitglied einer MBG und brauchte Jahre, um wieder ein freies Leben führen zu können.

Drittens. Die Frage nach der Assimilation oder Integration stellt sich vielen, die die russlanddeutsche MBG als ausländischen Fremdkörper erleben. Dass die Gründe dafür in der Vergangenheit liegen und weniger im Osten, habe ich bereits erklärt. Der Weg aus Deutschland nach Russland und wieder zurück hat die Kultur der Mennoniten zu einer mit nichts anderem als eben den Vorfahren vergleichbaren Kultur gemacht. Diese „Uralten" haben so lange der Zeit getrotzt, dass nicht zu erwarten ist, dass sie sich innerhalb einiger Jahrzehnte davon lösen werden. Die Tatsache, dass sie nicht mehr völlig von der Umwelt abgeschnitten leben können, gibt nicht unbedingt Grund zur Hoffnung, da sie sich umso mehr innerlich abschotten und keine anderen Menschen an sich heranlassen. Ihre guten Eigenschaften wie Gastfreundschaft, Kinderliebe und Zusammenhalt lassen sie den Kontrast zu den „Hiesigen", die aus ihrer Sicht weniger Wert auf Familie, Verwandtschaft und Kirche legen, als etwas Aufrechtzuerhaltendes empfinden. Da es für Außenstehende sehr schwer ist, an sie heranzukommen, ist ein Dialog, eine echte Kommunikation, ein Voneinanderlernen kaum möglich.

Die MBGs werden wahrscheinlich bleiben, was sie sind – auch wenn ich nicht aufhören kann, das Gegenteil zu hoffen.

Aber „Nachschub" aus Russland, die gerade frisch Einge-
troffenen, die über die deutsche Lebensart entsetzt sind, werden die Ansätze zur Anpassung sofort als solche erkennen
und schockiert gegen die „Verweltlichung" angehen. Wenn
es nur um eine merkwürdige und exotisch-altmodische Subkultur ginge, wäre dies kein Grund zur Sorge, bleibt so doch
ein Stück Historie erhalten. Was mir Sorgen macht, sind die
Menschen darin, die in einem selbst gebauten Gefängnis leben, die die Freiheit mit Gesetzlichkeit ersticken, die Liebe
mit Angst und Besserwisserei, die nicht froh sein können,
obwohl sie an einen Gott der Freude glauben.